2 다큐멘터리

한국의 선인들

2 다큐멘터리

한국의 선仙인들

문화영 지음

수선재

차례

1권

남사고 선인과의 대화

선조들의 행적

차례

2권

선조들의 행적

의선 허준과의 만남

황진이, 선악과를 말하다

선조들의 행적

신사임당

申師任堂

1504~1551 조선 중기의 예술가로 유학자, 작가, 화가이다. 대학자이자 정치인 이율곡, 화가 이우, 이매창의 어머니이기도 하다. 본명은 인선仁善, 당호는 사임당이다. '사임당'은 태교부터 정성을 들여 중국 주나라 문왕을 얻은 현숙한 어머니 태임太任을 본받는다는 뜻이라고 한다.

어려서부터 효성이 지극하고 지조가 높았으며 성리학적 지식에 해박했다. 시서화에도 모두 뛰어났으며 여성 특유의 생동감, 정묘함, 섬세함을 더하여 천재 여류화가라는 평을 들었다. 특히 풀벌레, 포도, 매화, 난초, 산수 등을 잘 그렸다. 또한 자녀교육에도 많은 노력을 기울여 아들 이이는 위대한 학자이자 정치가로, 아들 이우와 딸 이매창은 자신의 재능을 계승한 예술가로 키워 존경받는 현모양처의 상징이 되었다. 남아 있는 작품으로 시에는 「유대관령망친정」, 「사친」 등이 있고, 그림에는 〈초충도〉, 〈자리도〉, 〈산수도〉, 6폭 초서병풍 등이 있다.

1

신사임당 선인에 대해 본성에게 문의하다.

선인 이율곡을 후원하기 위하여 선계에서 파견한 선인. 인간계에 많은 가르침을 내리고 귀계하였다. 음계陰界의 정법 수련에 상당히 정통하였던 선인으로서 선계에서도 상당한 위치에 있다. 선계 ○등급.

인간계에 내려온 이유는 지원이었으나 당시 자신이 스스로 업무를 처리하여 공덕을 쌓은 바도 많았다. 음계의 지도자급으로서 인간으로서는 가장 상품의 품위를 보여준 바 있다. 선계의 등급과 달리 속俗에서 천한 업을 하다가 가는 경우는 공부 '스케줄'이 달라서이며 등급과는 무관한 경우도 있다.

선인 이율곡과 신사임당은 공부할 만한 가치가 있는 사람들 중의 하나이나, 문학의 상업성과는 연결되지 않을 수 있으니 연구해서 할 것을 요한다.

2

선계를 향해 인사하며 사임당을 청하자 30대 중반의 아리따운 여성이 앞에 와 앉아서 인사한다. 키는 171cm 정도. 약간 변형된 한복 차림이다. 얼굴이 밝고 지적이며, 양기가 많은 기운이 아주 맑아, 기운으로는 여성임을 느낄 수 없을 정도이다.

뉘십니까?

사임당이옵니다.

그런데 모습이 어찌 그러십니까?

종전의 모습이옵니다.

지금의 모습은 어떠하십니까?

별 차이 없사옵니다. 자신이 생각하고 있는 모습으로 나타나게 되옵니다.

오늘은 이러한 모습으로 나타나시고 싶으셨습니까?

그렇사옵니다.

원소속은 어디십니까?

'라라성星'이옵니다.

어디에 있습니까?

북극성에서 정북방에 지구의 시간으로 500광년 정도 가면 라딘 은하가 있습니다. 그 라딘 은하의 주성(主星 : 해당 은하의 인력引力 등 모든 자원을 관리하는 별)이 라라성이옵니다. 지구에서는 북극성에 가려서 잘 보이지 않사옵니다. 북극성은 우주에서 상당히 중요한 역할을 하는 별이옵니다. 지구로 말하면 우주에서도 정거장이자 수련 별이며, 일종의 등대 역할을 하고 있는 별입니다.

현재의 존함은 어찌 되십니까?

'장소유'이옵니다.

달리 무슨 호號랄까 하는 것은 없습니까?

그렇게만 부르옵니다.

수많은 선인들 가운데 혼동될 염려는 없습니까?

각자 자신의 기운으로 판별되므로 서로 혼동될 염려는 없으며, 이름은 지구에 계시는 분들과 대화 시에만 필요할 따름입니다.

라라성은 우주에서 어떠한 기능을 가진 별인가요?

대체로 평범한 역할을 하옵니다. 별이 약 4,000여 개 되는 작은 은하이온데, 기인氣人이 거주하는 별이 약 3,000여 개 되옵니다. 영장류의 탄생이 가능한 별이 약 50여 개 되옵고, 나머지는 거주할 수 있는 별이옵니다.

기인이라고 해서 어떠한 조건에서도 생활할 수 있는 것은 아니며, 우주선宇宙線을 타고 들어오는 기운을 받아야 생활할 수 있는 별이 많사옵니다. 무생성無生星의 경우 기적氣的인 자원의 근원으로 이용되옵니다.

3

그 별에서는 무슨 역할을 하고 계십니까?

저의 역할은 제 주변 별들의 기운이 온화하도록 조절하는 역할입니다.

어떻게 하면 조절이 가능한 것이지요?

가끔은 기적氣的으로 어긋나는 경우가 있습니다.

왜 그러한 일이 있는 겁니까?

우주에서도 100.000%의 완벽이 존재하는 경우는 많지 않사옵니다. 신생 우주나 자리를 잡아가는 우주의 경우 이러한 비율이 높으며, 대체로 완성된 우주에서도 일부의 부조화는 정상임을 나타내는 것으로 보고 있습니다.

몇 개 정도 담당하고 계신지요?

약 300여 개 되옵니다. 태양계의 경우 위성을 제외하고 10여 개의 별로 이루어져 있으며, 이 중에 지구가 있습니다. 저희들은 한 사람의 선인이 150~350개 정도의 별들을 관리하고 있으며, 저의 경우 중간 정도의 별들을 관리하고 있습니다. 라딘 은하는 저와 같은 관리인 15명 정도가 관리하고 있습니다.

라라 성단에서는 소속, 즉 관리하시는 분들이 담당하는 구역을 어떻게 구분하고 있는지요?

색으로 구분됩니다. 저희 라라 성단은 15개의 난위로 구분되어 있으며, 이 중 저는 별 250여 개, 작은 별(지구나 화성 정도)들로 이루어진 은하 23개를 살펴보고 있습니다. 이 중에 생물성이 3개 있으며, 이 생물성 중 1개는 초보적인 생물체가 거주하고 있습니다. 1개는 식물 위주의 편성으로 되어 있으며 1개는 준영장류가 거주하고 있는 별로서, 앞으로 선인들의 교육장으로 사용될 수 있는 별이 될 것 같습니다.

라라성은 어떤 별입니까?

저의 구역은 보랏빛을 원색으로 한 속에서 다른 색들이 조화를 이루도록 하여놓았습니다. (별들의 색깔이 영화《콘택트 Contact》에서 조디 포스터가 다녀온 곳과 거의 비슷하다.) 거의 모든 별들이 이러한 원색을 바탕으로 하고 있으며, 이러한 색을 띠고 있는 별들이 보이면 저의 구역입니다.

라라성의 역할은 무엇인지요?

인근 지역의 인력引力을 조절하여 성단의 균형을 잡아주는 것입니다. 인력을 조절하는 별은 인근의 모든 영역과 정보를 주고받으며 조절을 하여야 하므로 꽤 중요한 역할을 맡게 됩니다.

상당히 중요한 역할을 하고 계시는군요. 지구에 다녀가신 지 벌써 오래되었지요?

우주의 시간으로는 촌각이옵니다. 그동안 지구에서도 많은 변화가 있었던 것으로 알고 있습니다.

4

아주 많이 있었답니다. 하지만 사임당 선인의 이야기는 항상 전해 내려오고 있지요.

부끄럽사옵니다.

당시에 지구에 내려오신 이유는 무엇이었는지요?

훈련을 위하여 한번 살펴보기 위하여 내려왔던 것이옵니다. 다른 선인의 요청이 있어 내려왔으나 저 자신이 공부를 한 것이 되었습니다.

요청을 했던 선인은 누구인지요?

율곡이옵니다. 그는 이미 지구에서 여러 번에 걸쳐 상당한 수련을 하여 자신의 입지를 가지고 있었습니다. 허나 지구에서 그러한 수련이 결실을 거두기 위해서는 한 번 더 탄생할 필요가 있었사옵니다. 이 한 번의 기회에 모든 것을 마무리하여야 하는데, 이것은 상당한 경지의 선인이 지원해주어야 가능한 것이었습니다. 이러한 도움을 받기 위하여 저를 청하였던 것입니다.

그러면 그전에도 서로 알고 있었던 것인지요?

그전에는 모르고 있었습니다. 허나 라라 성단에서 저의 일을 하고 있던 중 어디선가 저를 부르는 소리가 들렸습니다. 선인들에게는 음파가 아닌 지구인의 뇌파와 같은 파장으로 옵니다. 상당한 완성도의 여女 선인을 찾고 있었습니다.

그것이 사임당 선인인 것을 어찌 알았는지요?

당시 저의 관심도 지구에 있었으므로 한번 가보고 싶었습니다.

허나 서로 모자의 인연을 맺지 않았는지요?

모자의 인연은 서로 필요시 주고받을 수 있는 인연 중의 하나이나, 다른 인연보다 약간 중요한 인연일 따름입니다.

우주에서는 약간 중요한 인연일 뿐인데 지구에서는 왜 그렇게 중요시하는지요?

우주에서는 별것 아니나 지구에서는 그러한 인연이 없으면 태어남 자체가 불가능하므로 그러한 것입니다. 지구에서의 탄생은 이 인연을 기초로 하여 가능한 것이므로, 선계의 입장에서 보면 입학과 같은 것입니다. 그리고 지구에서의 수련 과정은 엄격히 평가되는데, 이 중에서 자신을 내보내준 부모와의 관계를 어떻게 하는가에 대한 부분이 채점 기준의 상당한 부분을 차지하고 있습니다.

그렇군요. 그러면 율곡 선인이 사임당 선인에게 도움을 요청하였던 것인지요?

아르멘티나성星의 '이나타(선명 : 이명)'가 보낸 파장이 간절하여 제가 응한 것입니다.

그래서 지구의 인연으로 모자의 연을 맺었던 것인지요?

그렇습니다. 그 후 제가 줄 수 있는 도움을 많이 주었습니다.

그래서 율곡 선인이 그러한 결과를 거둘 수 있었는지요?

저의 도움이 30% 이상은 되었을 것입니다.

그랬었군요. 역시 사임당 선인이셨군요.

5

저의 경우 선계의 모든 것을 비교적 속히 알 수 있었사옵니다. 이러한 결실은 어려서 호흡을 깨우친 까닭이기도 하였습니다. 호흡은 인간으로서 우주와 접할 수 있는 가장 빠른 방법이기도 하였습니다. 이렇게 된 까닭은 어느 날 갑자기 다가왔습니다. 여섯 살 나던 해 봄에 따뜻한 날씨 속에 하늘을 바라보고 있는데,

"얘야. 숨을 깊이 쉬어봐."

하는 말이 들렸습니다. 아주 아름다운 목소리였으나 제가 지상에서 들어본 목소리는 아니었습니다. 하지만 상당히 낯익은 목소리였습니다. 바로 귀 옆에서 속삭이는 말이었으므로 누군가 옆에 있는 것 같아 고개를 돌리자 아무도 없었습니다.

"아니야. 난 네 옆에 있어. 아주 가까이 있어. 그냥 숨을 쉬어보면 돼."

하고 다시 말이 들렸습니다. 저는 보이지 않는 누군가가 옆에 있는 것으로 생각하고 숨을 들이쉬기 시작하였습니다. 왠지 들이쉬는 것이 먼저일 것 같았습니다. 한데 들이쉬자마자,

"얘야. 들이쉬는 것이 아니고 내쉬는 것이 먼저야."

라는 말이 다시 들렸습니다. 그 말을 들은 저는 다시 숨을 내쉬기 시작하였습니다. 한데 숨을 내쉬기 시작하자 끝도 없이 숨이 나오는 것이었습니다. 저는 코만 빌려주었을 뿐 숨을 내쉬는 것은 제가 아닌 것 같은 현상이 나타나고 있었던 것입니다.

숨을 계속 내쉬고 있던 중 주변의 모든 것들이 점점 바뀌어갔습니다. 물체가 모두 빛으로 이루어진 세계, 만지려 해도 만져지지 않으나 느끼려면 느낄 수 있는 그러한 세계로 변해가고 있었습니다. 따라서 육체의 감각을 사용해서는 알 수 없지만 마음의 감각을 사용해서는 알 수 있는 그러한 상태가 되어가고 있었던 것입니다.

약간의 훈련이 필요한 상태가 지난 후 저는 그 상태에 익숙해져 갔습니다. 이제는 숨이 계속 내쉬어지는 것이 이상하지도 않았으며 그러한 상태가 오히려 편하였습니다. 모든 인간들이 이렇게 숨을 쉬는 것으로 알 만큼, 들숨이 있다는 것을 잊어먹을 만큼, 오랜 시간 이러한 상태가 계속되었습니다.

그렇게 숨을 내쉬고 있던 중 눈앞이 밝아오면서 어떤 여인이 나

타났습니다. 저에게 숨을 쉬어보라고 하였던 바로 그 여인인 것 같았습니다. 가만히 바라보고 있자,

"그래. 나야."

하는 소리가 들렸습니다. 저는 그 말이 귀가 아닌 저의 마음으로 전달되고 있는 목소리임을 알았습니다. 저의 파장과 함께하면 몸의 어느 부분으로도 보고 느끼며 들을 수 있었습니다.

이러한 파장을 가진 사람을 처음 보았으나 저는 상당히 오랜 기간 동안 보아온 것 같은 느낌이 들었으며, 이 여인이 저와 언제부터 알고 있었는지 생각해보았으나 조금도 함께 있었던 사실을 기억할 수 없었습니다.

6

그러나 이 여인의 모든 것은 저의 전체의 어느 곳에도 베어 있었습니다. 남의 것이 아닌 자신의 것으로 느껴지고 있는 그 무엇이 있었습니다.

양지바른 언덕에 앉아 모든 것을 잊고 많은 날들을 이렇게 날숨만으로 지내고 있을 때 다시 여인의 목소리가 들렸습니다.

"잘 있었어?"

"네?"

그 여인의 존재마저도 잊고 지내던 그 긴 시간 속에서 깨어나 돌아보니, 숨을 내쉬던 그 긴 시간에 주변의 모든 것들이 바뀌고 있었습니다. 시간이 역행되고 있었습니다. 제가 지금까지 살아왔던 모든 것들이 차차 역행되는 시간 속에서 변해가고 있었습니다. 계절이 겨울로, 가을로, 여름으로, 봄으로 바뀌며, 모든 것들이 거꾸로 가고 있었습니다.

저는 점차 작아지며 어린아이가 되어가고 있었습니다. 어느덧

엄마의 품에 안겨 있는 것 같은 느낌이 들었습니다. 그러나 그것은 엄마의 품이 아닌 자연의 품이었습니다. 이 자연의 품이 저를 안고 계속 시간을 역행하여 돌아가고 있었습니다.

모든 것이 그대로 있되 저 혼자만 역행하는 시간을 타고 있었습니다. 유리창처럼 생긴 막의 바깥은 정상적으로 보이고 있는데, 제가 있는 공간의 시간만 역행하고 있는 것 같았습니다.

제가 점차 시간을 거슬러 올라가 아주 먼 옛날로 들어가니 주변의 모든 것이 사라지고 없었습니다. 빛이 있기는 있으나 어떠한 색을 띠는 것이 아닌 희미한 색으로 보이고 있었습니다.

하지만 불안한 색은 아니었습니다. 허공에 떠 있는 상태로 잠시 있자 다시 주변의 모든 것에 색이 들어오기 시작하였습니다. 호흡은 점차 날숨에서 정지 상태로 들어가고 있었습니다.

"저길 봐. 저기가 네가 살던 곳이야."

여인이 가리키는 곳에는 너무나 아름다운 우주가 있었습니다.

"저기가요?"
"그래. 저기가 네가 살던 바로 그곳이야."
"제가요?"

앞에는 수많은 성단들이 엄청난 밝기로 빛나고 있었습니다. 지속적으로 변화해 나아가고 있는 별들을 보며 낯설기보다는 어딘가 상당히 낯익은 곳이라는 생각이 들었습니다.

"어느 별에 제가 살았나요?"

"응. 바로 저 별이야."

그분이 가리키는 곳에는 너무나 아름다운 보랏빛 은하가 있었습니다. 전체적으로 보이는 빛은 보랏빛이지만 자세히 보면 보랏빛만도 아니었습니다. 자세히 보면 각종 빛으로 이루어진 색깔의 바다였습니다.

그분이 가리키는 별은 파란색이 좀 더 진하게 빛나고 있었습니다. 하지만 파란색만도 아니었습니다.

"다시 저기 너의 별로 돌아가야지."

"지금 와 있잖아요."

"지금은 아주 온 것이 아니야. 네 일을 하고 나면 다시 올 수 있게 돼."

"지금 아주 오고 싶은데요."

그 순간 저는 그때까지 제가 살던 집도, 놀던 고향도 모두 잊고 있었습니다. 모든 것이 하나였습니다. 제 주변의 모든 것이 기운으로 뭉쳐진 하나였습니다. 저의 생각이 움직이면 모든 것이 움직일 것 같았습니다.

제가 가고 싶다고 마음먹는 순간 곧바로 갈 수 있을 것 같았지만, 왠지 가면 안 될 것 같았습니다. 무언가 할 일이 남아 있는 것 같았습니다. 그 남아 있는 일을 하고 나서 저의 앞에 펼쳐져 있는 그곳으로 가야 할 것 같았습니다.

"제가 할 일은 무엇이죠?"
"그건 나중에 차차 알게 돼."
"뭔데요?"
"그냥 있으면 되는 거야."
"그런 일도 있어요?"
"그럼. 자, 이제 돌아가자."
"네."

아쉬운 발길을 돌리려 하자 발길이 돌려지지 않는 것이었습니다.

"어떻게 해야 돌아갈 수 있죠?"
"응. 들숨을 쉬면 돼. 자, 이제는 들숨을 쉬어봐."
"네?"
"이제 들숨을 쉬어야 해."
"네? 들숨이요?"

너무나 오랜 시간을 날숨에 익숙해 있던 저는 들숨을 잊을 만큼 오랜 시간을 날숨으로 지내온 것이었습니다. 날숨에서 들숨으로 바뀌는 데 상당한 시간이 걸렸습니다.

7

숨이 멎었는가 싶을 정도의 가늘고 긴 숨이 시작되었습니다. 가만히 자신을 보고 있으면 날숨을 쉬는 것도 같고, 들숨을 쉬는 것도 같으면서도, 아직은 날숨을 쉬고 있는 것 같은 기분이 들기도 하고, 들숨을 쉬고 있는 것 같기도 한 상태가 얼마간 계속되었습니다.

"생각을 바꾸어야 해."

"생각을요?"

"그래. 생각을 바꾸어야 들숨이 쉬어지는 거야."

"생각을 어떻게 바꾸어야 하나요?"

"생각 속에서 들숨을 쉬고 있다고 생각해야 해."

"지금도 그렇게 하고 있는데요?"

"아직은 아니야. 아직은 네가 날숨에 너무 익숙해 있어서 들숨이 쉬어지고 있지 않아."

"네-."

"자, 생각을 바꾸어봐. 천천히 아주 천천히 생각을 바꾸어서 들숨을 쉬어봐."

"네."

생각을 바꾸는 데 며칠이 걸린 것 같았습니다. 생각의 바꿈은 절대로 쉬운 것이 아니었습니다. 날숨이 습관이 되어 이제는 날숨 체질(?)이 되어 버린 것 같은 자신을 바꾸는 것이 어쩌면 불가능할 것 같기도 하였습니다.

생각을 바꾸려 애쓰며 이러한 상태로 며칠을 보내고 있던 중 조금씩 들숨이 쉬어지고 있는 것 같은 기분이 들었습니다. 가만히 자신을 돌아보니 들숨이 쉬어지고 있는 것이었습니다. 생각이 바뀐 것이었습니다. 제가 들숨을 쉬고 있었던 것입니다.

"야호! 들숨이야."

"그래. 이제 들숨을 쉬게 되었구나."

그동안 존재를 잊고 있었던 여인이 옆에서 다시 일깨워주었습니다.

"그래. 들숨이 시작되었어. 이제부터 자신을 꼭 잡아야 해."

"어떻게요?"

"그냥 '나'만 생각하면 돼."

"왜 그래야 하나요?"

"나를 놓치면 안 되기 때문이지."

"나를 놓칠 수도 있나요?"

"그럼. 나를 놓치면 다시 찾을 수가 없는 경우도 있지."

"그럼 나만 생각할게요."

"잠깐이야. 잠깐 동안만 나를 생각하면 돼."

"네. 눈을 감고 있어도 되나요?"

"눈을 뜨고 있어도 되고 감고 있어도 되지만 뜨고 있는 것이 더 나을 거야. 배울 것이 있거든."

"나를 놓치면 어떻게 되나요?"

"그렇지는 않을 거야. 지금은 나만 생각하자. 나를 깊이 생각하고 들어가면 나를 잘 놓치지 않아."

"네."

가만히 자신을 가다듬어보았습니다. 옷매무새를 단정히 하고 옷깃을 여민 후 다시 한 번 자신의 모습을 돌아보았습니다. 이리저리 돌아보아도 이상이 없는 것 같았습니다. 가만히 눈을 감았습니다.

"자, 이제 들숨이 제대로 열리고 있지?"

"네."

"더 깊이 쉬어봐."

들숨을 더 깊이 들이쉬었습니다.

"이렇게요?"
"아니. 아직 힘이 모자라. 더 깊이."

더 깊이 숨을 들이쉬었습니다.

"이렇게요?"
"조금만 더."
"이만큼요?"
"그래. 그 정도면 되겠어. 자, 어디 보자. 그래. 그런데 마음을 놓치면 안 돼."
"네."
"자, 이제 가자."
"네? 이제는 어디로 가나요?"
"네가 있던 곳으로 가야지."
"거기가 어딘데요?"
"네가 지금 살고 있는 곳이야."
"네."

들숨이 거세어지고 있었습니다. 내가 쉬고 있는 들숨인데 그 들숨에 내가 날려갈 지경이었습니다. 앞에서 뒤로, 양옆으로 폭풍이

마구 몰아치고 있었습니다. 이렇게 거세게 바람이 몰아치다가는 무슨 일인가가 벌어질 것 같았습니다.

"이게 어떻게 된 건가요?"
"응. 아무것도 아니야. 그냥 바람이 좀 센 거야."
"어떻게 하면 되나요?"
"응. 숨을 좀 약하게 쉬어야겠다고 생각하면 돼."
"네."

숨을 좀 약하게 쉰다고 생각하려 노력하였습니다. 점차 바람이 약해지며 순풍에 돛을 단 듯 항해하는 것 같은 기분이 되었습니다. 점차 주변의 풍경이 바뀌고 있었습니다. 다시 제가 살고 있던 지구의 내음이 다가오고 있었습니다. 저의 시간과 지구의 시간이 점차 일치되어 가고 있었습니다.

8

"자, 이제 거의 다 왔다."

"어디까지 가나요?"

"네가 조금 전에 있던 바로 그곳이야."

"조금 전이요?"

"그래. 네가 우주를 구경하기 전에 있었던 그곳이야."

"아-. 네."

"자, 이제 숨을 멈출 준비를 하자."

"네?"

"이제 하늘의 호흡에서 지상의 호흡으로 바꾸어야지."

"네-."

"자, 이제 천천히 숨을 멈추자."

서서히 호흡을 멈추자 달리다가 멈추어 서는 듯한 느낌이 들었습니다. 저만치 아래로 제가 살고 있던 지역의 풍경이 보였습니다. 더 내려가자 제가 살고 있던 집의 마루에 제가 앉아 있는 모습이 보였습니다. 가만히 졸고 있는 것 같았습니다.

"자, 지금부터 잘 지내고 있다가 다시 만나자."
"네. 그런데 이제 다시 볼 수 없나요?"
"있어. 나를 보고 싶으면 마음속으로 가만히 부르면 돼."
"알았습니다. 그런데 뭐라고 부르면 되나요?"
"응. 선생님이라고 부르면 돼. 자-, 이제 들어가야지."
"네."

아쉽게 돌아보며 저는 마루에 앉아 있는 저와 다시 하나가 되었습니다. 전혀 어떠한 이질감이 없이 자연스레 하나가 될 수 있었습니다. 하나가 되자 의식이 자연스레 지구의 의식으로 돌아왔습니다. 저는 다시 예전의 여섯 살 때 모습으로 돌아온 것입니다.

몇 개월이 지난 것 같았습니다. 정신을 가다듬고 주변을 보니 제가 앉아 있던 바로 그곳이었습니다. 주변의 어른들은 여전히 일들을 하고 계셨습니다. 마루에 앉아 잠시 졸았던 것 같았습니다. 그 길게 느껴졌던 시간들이 한 호흡이었습니다. 꿈을 꾼 것 같았습니다. 정말인가 하고 생각하자,

"꿈이 아니야."

하고 옆에서 다시 여인의 목소리가 들렸습니다. 보려 하였으나 이제는 보이지 않았습니다.

"지금부터는 보이지 않아. 하지만 나는 언제나 네 옆에 있어."
"어떻게 불러야 하나요?"
"그렇게 소리 내서 부르지 말고 마음속으로 불러."

제가 아무도 없는데 이야기하는 것을 어른들이 이상한 눈으로 보고 계셨습니다. 순간 저는 혼자 소꿉놀이를 하는 것처럼 혼자 계속 이야기를 하였습니다. 어른들은 제가 혼자 놀고 있는 것으로 아시고 다시 일들을 하셨습니다.

9

잠시 후 저는 그 여인을 마음속으로 다시 불러보았습니다.

"(마음속으로) 이렇게요?"

"응. 아주 잘하는구나. 입으로 소리 내지 말고 마음속으로 가만히 불러도 우리는 다 알아들을 수 있어."

"어떻게 그렇게 되나요?"

"응. 나중에 알게 돼. 우리는 마음으로 이야기를 하기 때문이지. 아주 잘하고 있구나."

"처음인데도요?"

"그래도 아주 잘하는 거야. 생각을 아주 잘하는구나."

"언제나 이렇게 불러도 되죠?"

"그럼. 하지만 이제부터는 혼자 여기서 공부하고 있어야 해."

"언제까지인가요?"

"그렇게 오래지는 않을 거야."

"더 계시다 가시면 안 돼요?"

"가야 해. 우리는 곧 다시 만날 수 있어."

"언제쯤요?"

"응. 네가 잊고 있을 무렵…. 하지만 금방이야."

"선생님."

"그래. 여기 있잖아. 하지만 당분간은 연락이 안 된다고 생각해야 해."

"왜요?"

"이제부터 너는 너의 생활로 돌아가야 하기 때문이야. 하지만 얼마 후에는 다시 나와 만날 거야."

"그때는 아무 때나 뵐 수 있나요?"

"그럼."

"그러면 잘 있을게요."

"그래. 그냥 있기만 하면 돼."

"네. 안녕히 가세요."

"그래. 잘 있다가 다시 만나자."

바로 옆에 계시는 것 같던 선생님의 느낌이 사라졌습니다. 틀림없던 그분의 존재가 사라져 버리고 안 계시는 것입니다. 바뀐 것은 아무것도 없는데 다만 그 선생님의 모습과 느낌만 사라진 것입니다. 갑자기 꿈에서 깨어난 것 같은 생각이 들었습니다.

"선생님."

아무런 소리도 들리지 않았습니다. 혹시 마음속으로 부르면 될까 하고 생각하여, 다시 한 번 불러보았으나 역시 들리지 않았습니다. 역시 꿈이었던 것 같은 생각이 들었습니다.

하지만 모든 것이 너무나 생생하게 살아나는 기억들이었습니다.

10

지금까지의 모든 것들이 생각났습니다. 이 여인을 만나고부터 숨이 끝도 없이 내쉬어지던 일, 아주 먼 우주에 다녀온 일, 날숨으로 시간을 거슬러 오를 수 있었던 일, 다시 예전의 나의 모습으로 돌아오기까지 너무나 긴 것처럼 느껴졌던 시간들이, 이분으로 인해 가능하였던 것입니다.

제가 살아온 모든 날들보다 더욱 긴 시간을 그분과 함께한 것 같은 생각이 들었습니다. 그 날 이후 저의 세상을 보는 눈이 바뀌었습니다. 이 세상의 모든 것이 우주에 연결되어 있음을 알았습니다. 그리고 제가 지구에서 태어난 것이 어떠한 임무를 띤 것임을 알았습니다.

선생님께서는 아무런 일도 하지 않아도 되며, 오직 살기만 하면 된다고 하셨지만, 그것은 제가 스스로 찾아보라는 말씀과 동일하게 생각되는 것이었습니다. 그러한 생각을 한 이후 저는 할 일이 무엇인가 하는 생각을 하기 시작하였습니다.

우선 주변의 모든 것들을 확인하였습니다. 당시 저는 어떠한 연유에서인지 벌써 하늘의 파장을 받고 있었던 것 같았습니다. 세상의 모든 것들이 어떠한 파장으로 구성되어 있고, 이 파장을 잘 해독하면 무엇이든지 답을 구할 수 있을 것 같았습니다.

이 중에서 시詩나 서화書畫는 특히 제가 해독한 것을 인간들에게 잘 전달할 수 있었던 것으로 생각되었습니다. 이러한 방법 외에도 인간들에게 어떠한 깨우침을 내리는 방법은 다양할 것이라는 생각이 들었습니다.

이 다양한 방법을 사용하여 인간들에게 제가 느꼈던 것들을 전달할 수 있으리라는 생각이 들자 저는 그때까지 배워오던 시와 서화에 더욱 노력하였습니다. 이러한 방법 외에도 다양한 방법이 있지만, 이 방법만이 당시의 제가 알고 있던 유일한 방법이었습니다.

인간들끼리는 파장을 통한 의사소통이 안 되는 것이었습니다. 당시에는 이유를 잘 몰랐으나, 인간들은 원래 가지고 있던 교신 기능이 퇴화되어 그렇게 된 것 같았습니다. 이 기능의 복원은 모든 인간들이 우주에서와 같은 의사소통을 가능케 하는 방법이 될 것 같았습니다.

그것도 그렇게 어려운 방법으로가 아닌 쉬운 방법으로 할 수 있을 것 같았습니다. 저는 시, 서, 화의 파장 속에서 그것을 찾아보기 시작하였습니다. 수많은 파장들이 그 안에 배어 있을 것 같았습니다.

역시 그 안에 수많은 파장들이 배어 있었습니다. 우주에서도 찾아보기 어려울 정도의 세밀한 인간들의 파장을 들여다보며 이러한 것들이 우주에서 받아온 것임을 깨달았습니다. 우주에서 내려온 파장들이 인간의 생각을 거치며 다양한 형태로 변화되어나가는 것이었습니다.

이것들을 분석하여 인간들에게 전하고 거기에서 보람을 찾을 수 있을 것 같았습니다. 이러한 생각 속에서 저는 점차 지구의 날들에 동화되어 갔습니다. 점차 성인이 되고, 결혼을 하고 나서야, 저의 또 하나의 임무를 알 수 있었습니다. 지구에 내려오기 전에 받았던 또 하나의 임무입니다. 아르멘의 이나타가 자신의 수련에 도움을 달라고 하던 것이었습니다.

이 도움이란 지구에서 출생하면 그전의 기억을 전부 잊어버리고 태어나게 되나, 다른 방법, 즉 인간들에게 교육이나 수련이라는 방법으로 속히 기억을 재생시켜주는 방법을 말하는 것입니다.

선인들이 인간의 인연에 간섭함은 기본적으로 금기이며 특별한 경우에 허락되는 것이나, 이나타의 경우 상호 간에 이미 우주에서 약속을 하였던 내용이므로 별문제가 없을 것 같았습니다. 다만 지구에서 태어나 영적으로 큰 발자국을 남기는 것이 우주에 대한 예의일 것 같았습니다.

이나타의 수련을 위한 삶이 시작될 때부터, 도움을 주지 않으면 어려울지 모른다는 생각이 들었습니다. 출생부에 저를 적어넣고 나니 이나타의 모친으로 지정이 되었으며, 이후 저는 지구에서 받은 파장으로 율곡(이나타가 지구에 있을 때의 이름)에게 인간으로서 전해줄 수 있는 파장을 전해주었던 것입니다.

나중에는 이나타가 보다 유연치 못한 기질을 보이기는 하였으나, 그것은 자신의 공부를 그러한 방향으로 하기 위한 것이었습니다. 저는 이나타가 원하는 것에 조금 부족한 정도의 지식을 전수하였으나 이나타는 스스로 부족한 부분을 보충할 수 있었습니다.

지구에서의 수련은 경우에 따라서 자신의 선계의 등급을 낮출 수도 있고, 높일 수도 있습니다. 대부분의 선인들이 높이는 경우에 속하나 더러는 등급이 하향 조정되는 경우도 있습니다. 지구에서 자신에게 주어진 역할을 제대로 이행치 못하였을 경우입니다.

인간에게 주어진 인연은 하늘이 정해준 인연과 스스로 만들어 가는 인연, 도중에 갑자기 나타나는 변수 같은 인연이 있습니다. 이 모든 것을 조화로이 받아들이고 운용하며 자신의 것으로 만들어가는 것이 진정한 수련생의 길입니다.

이 책을 통하여 만나게 될 여러분들은 모두 우주의 파장을 받고 있는 것입니다. 우주의 파장은 모두에게 공평하나 수용하는 인간들의 재질에 따라 다른 결과가 나옵니다.

즉 인간은 우주의 파장이라는 빛을 통과시키는 렌즈와 같아 우주의 파장이 인간의 생각을 통과하면 무지개로 나타나기도 하고, 확대되어 나타나기도 하며, 축소되기도 하고, 렌즈가 어둡거나 빛이 투과하지 못하는 재질이면 빛의 투과량이 적거나 거의 없을 수도 있는 것입니다.

스스로 보다 맑은 재질로 변화하고자 하는 인간의 기원을 이루어주는 것이 수련입니다. 오직 수련으로써만 자신이 우주기운을 받을 수 있고, 주변의 우주화를 이룰 수 있는 것입니다.

인간의 파장은 무한합니다. 인간의 파장만으로도 우주의 전역과 연결될 수도 있습니다. 지구 인간의 파장이 최고로 진화된 결과인 우주(선계)의 파장을 보다 밝게, 보다 널리, 보다 아름다운 색깔로, 보다 많은 사람들에게 전파할 수 있는 것이 바로, 이 책으로 저와 대하는 여러분들에게 주어진 임무일 것입니다.

11

지구에서 남녀 간에 불평등한 시대를 살고 가셨는데 이에 대한 생각은 어떠하신지요?

우주에서는 양성兩性은 동일하게 취급됩니다. 양성은 전부 우주를 동일하게 구성하고 있는 구성 분자이며 이들의 비율은 정확히 50:50으로서 상호 간에 다름이 있을 수 없는 것입니다.

현재 지구에서는 양자 간의 균형이 미세하게 기울어져 있으나, 시기적으로 어느 한 성이 중요시되던 시절은 항상 있었으며, 장기적으로 보면 그렇게 편중된 것도 아닙니다. 양이 강한 시절에는 남성이 승했으며, 음이 강한 시절에는 여성이 승하였던 것입니다.

이러한 조류는 시대를 거슬러 올라가면서 오히려 여성이 가부장을 하였던 기간이 더욱 긴 것에서 알 수 있습니다. 현재에도 여성들이 남성에 비하여 불평등한 것으로 생각하는 면이 있으나, 그것은 외부적인 것일 뿐 내적으로 보면 양자 간의 협조 없이 가능한 것은 아무것도 없음을 알게 됩니다.

출산은 이 세상을 만들어가는 인류를 양성하는 가장 중요한 일입니다. 이 출산권이 여성에게 주어져 있음은 우주에서 여성의 중요성을 상징하는 것입니다. 우주에서는 여성이 아래이고, 남성이 위라는 인식이 없으며 모든 것이 평등하여 상호 간의 역할 분담만 있을 뿐입니다.

즉 음은 음의 역할을, 양은 양의 역할을 할 뿐입니다. 따라서 서로 간에 '누가 위인가?', '누가 나은가?' 하는 논쟁은 무의미한 것이며, 지구에서나 가능한 것입니다.

성性이란 자신의 기운을 표시하는 방법에 있어서 장점을 살리기 위한 도구일 뿐이며, 자신의 성에 대하여 불편함을 느낀다는 것은 곧 상대의 성에 대한 필요성을 가지라는 것과 동일한 것입니다.

성에 대한 논쟁은 우주에서는 없는 것입니다. 하지만 꼭 해보고 싶고, 반드시 필요하다면 선계에서 지구에 내려올 때 한두 번의 수련 기간을 택하여 상대의 성을 사용해보는 것도 가능하기는 하나, 기운의 혼합을 불러와 이것도 저것도 아닌 상태가 될 수 있으므로 권할 수 있는 것은 아닙니다.

양자는 뚜렷이 구분되는 것이 아니라 한 성에도 양자의 속성이 함께 존재합니다. 이러한 기의 혼합은 또한 정상적인 것이며, 자신의 내부에 존재하는 상대 성의 비율에 의하여 여성다운 남성, 남성다운 여성도 되는 것입니다.

본인이 원하지 아니하였으나 이렇게 된 경우는 양자의 중간에 속한 경우라고 할 수 있겠습니다. 제가 다녀갔던 당시에도 남성들이 전권을 쥐고 있는 것으로 생각될 수 있으나, 궁중에서나 서민들의 가계에서나 양성 간의 비율은 동일하였습니다.

어떠한 일을 함에 자신의 성으로 할 수 있는 것이 있으며, 자신의 성으로 할 수 없는 것에 대하여는 상대 성의 도움을 받는 것이 이치였습니다.

양성은 서로 간에 필요한 것을 취할 수 있도록 하기 위하여 존재하는 것이며, 이러한 상호 간의 존재에 대한 인식과 이러한 인식의 발전이 흔으로 화하는 것, 이것이 즉 무극으로 나아가는 길인 것입니다.

무극은 태극과 하나이며, 무극이 필요에 의해 태극이 되기도 하고, 태극이 발전하여 무극이 되기도 하는 것입니다. 무극이 태극도 될 수 있는 단계가 진정한 우주화이며, 태극이 무극이 될 수 없는 단계는 불완전한 우주화라고 하겠습니다.

상대방이 약간 우월한 지위에 있는 것 같다고 하여도, 이것을 자신에게 어떻게 활용하는가 하는 것은 자신에게 달린 것이지 다른 이유가 없다고 하겠습니다. 지구에서 시대의 흐름은 여성 상위에서 남성 상위로, 다시 양자 동등의 시대로 가고 있습니다.

중요한 것은 역할이 아니라 당시의 조선에서 어떻게 최선의 사용 방법을 찾느냐 하는 것이었습니다. 왕의 모친이 된다면 천하에 뜻을 폄에 부족함이 없을 것입니다.

또한 어떠한 남성도 여성이 지원하지 않으면 미완성품이 될 수밖에 없었으며, 한 가지 성만으로는 멸종할 수밖에 없음을 안다면, 상대의 성이 지배나 복종의 대상이 아니라 상호 간에 존중하고 받아들여야 하는 것임을 알게 될 것입니다.

인간의 본성은 이러한 것을 알고 있습니다. 수련은 이러한 조건을 만들어나가는 공부입니다. 여성이라고 해서 역할이 중요치 않고, 남성이라고 해서 중요하다는 것은, 인간계의 극히 일부에서나 있을 수 있는 일입니다.

이 수련을 여성에게 내려 펴도록 하는 것은 양자의 법이 동등함을 나타내는 것입니다.

12

그렇다고 해도 당시에 남녀 간의 관계가 너무 불평등하다는 생각은 아니 하였는지요?

당시에는 그러한 생각이 없었습니다. 저는 주변의 모든 것을 비교적 잘 받아들이는 편입니다. 당시의 조선에서는 남성이 외부의 주도권을 쥐고 있는 것이 관례화되어 있는 것으로 알고 있었습니다.

하지만 겉으로는 순종하는 것 같아도 실질적인 권한의 대부분을 아내가 가지고 있는 경우가 많았습니다. 저도 그랬으므로 별로 손해 본다는 의식이 없었습니다.

시, 서, 화는 누구에게 배우셨나요?

어렸을 때는 모친으로부터 기본적인 것을 배웠습니다. 붓 잡는 것이라든지, 획을 긋는 것 등등에 대하여 배웠고, 나중에는 개인적으로 선생에게 배웠습니다. 당시 이러한 것을 가르쳐준 분은 진덕 선생이라는 분이었는데, 기본을 다지는 데 도움을 받았습니다. 허나 잠시 이분에게서 배웠을 뿐 어느 정도 터득한 후에는 스스로 모든 것을 깨우쳤으며, 이러한 것들은 우주의 파장을 받음으로써 가능했습니다. 이후에는 스스로 깨우치면서 공부하였습니다. 시와 그림, 서예 등은 모두 인간의 마음을 표현할 수 있는 좋은 방법이었습니다.

아내로서 남편을 내조하는 일은 어떻게 하였는지요?

아내로서 하는 것이 별일은 없었습니다. 당시에는 사회적으로 활동을 할 수 있는 시기가 아니었으므로 가정에 있는 경우가 많았습니다.

그러나 세상이 돌아가는 것을 보면 가만히 있기가 어려운 때도 종종 있었습니다. 즉 세상이 순리에 어긋나게 돌아가고 있는 것이 보일 때입니다. 그럴 때는 남편이나 자식들을 통하여 저의 뜻을 펴려고 노력하였습니다.

남편은 저의 말을 잘 들어주는 편이었으며, 저 또한 도리에 어긋나는 방법으로 뜻을 전달한 적이 없으므로 거의 수긍해주었습니다. 이러한 노력이 점차 밖으로 드러나면서 남편 역시 본래의 현명함이 더욱 빛을 발할 수 있었습니다.

자녀를 많이 생산하신 이유는 무엇이었는지요?

출산권을 가지고 있는 이상 다산 역시 하나의 권리라고 생각했습니다. 자녀를 많이 낳다 보면 그들 모두에 대한 애착이 생기는 것이었습니다. 인간으로서 자식을 낳아 키워본다는 것은 아주 좋은 일인 것 같았습니다. 결혼 이후 이나타와의 약속을 지키는 것도 중요하였습니다. 선인들은 특별한 경우가 아니면 출산을 하지 않으므로, 인간으로서의 기능을 한 번 겪어보는 것에 대하여는 다른 생각이 없었습니다.

이나타와의 약속은, 다른 사람에게서 태어나게 하고, 지식만 제가 전달해주는 방법으로 지킬 수도 있었으나, 약속도 약속이려니와 역시 제가 하여야 한다는 생각이 들었습니다.

출산권으로 인하여 자녀들에게 애착을 가지자 지구에서의 생활이 길어질 뻔하였습니다. 전부가 다 잘 자란 것은 아니었으나 대부분이 잘 자라주었습니다. 제가 떠난 후 지구에 제가 다녀간 것에 대하여 흔적이 남는 것은 좋은 일이라고 생각했습니다.

자녀들에게는 어떤 방식으로 교육하셨는지요?

자녀들이 일찍 하늘의 파장을 받을 수 있도록 기반을 조성해주는 데 노력하였습니다. 다른 방법을 쓴 것은 아니고, 제가 받고 있는 우주의 파장을 자녀들에게 그대로 흐르도록 연결시켜준 것입니다.

이들 모두가 저의 파장을 받은 것은 아니지만, 다섯 명 중 두 명은 상당히, 세 명은 그런대로 받아주었습니다. 이것으로 지구의 지식을 모두 전달한 것은 아니고, 우주의 파장을 받을 수 있는 수신 장치를 만들어주는 데 노력하였습니다.

율곡의 경우 스스로 자신의 마음의 감도感度를 높이는 훈련을 많이 하였는데, 그것이 나중에 상당히 쓰임새가 있었습니다. 원래 선인인 데다가 자신의 후천적인 노력으로 그렇게 된 것입니다. 다른 아이들에게는 파장을 받을 수 있도록 하여주었으나, 당시의 생 한 번에 성공적인 결과를 맺지는 못했습니다.

허나 지금쯤은 그들도 어느 정도 진전되었을 것입니다. 선인의 자녀는 선천적으로 타고난 기질이 있어서 우주의 본질을 깨닫는 것은 쉽다고 할 수 있습니다. 다만 지구의 기운에 취하여 알고도 지키지 못하는 경우가 있는 것은 어쩔 수 없는 일입니다.

13

예능인과 현모양처로서 최고로 추앙받고 있는 점에 대하여 어떻게 생각하시는지요?

그러한 면은 별로 중요하게 생각하지 않습니다. 사람이 어떠한 일을 하였으며, 그 일이 어떠한 결과를 가져오는가에 대한 것이 중요한 것일 뿐, 그 일로 인한 칭송은 대단한 것이 아니라고 봅니다.

모든 것이 본성에서 우러난 것이었으므로, 이 본성의 가르침을 잘 읽고 행동한 것이 그렇게 중요한 일도 아니며, 칭송받을 일은 아니라고 봅니다. 선인으로서 그 정도의 결과는 당연한 것이라고 생각합니다.

제가 선인이라서가 아니라 인간이 수련으로 어떠한 경지에 올랐을 경우에도 그 같은 결과는 당연한 것이며, 칭송은 알려지지 않은 대부분의 사람들이 들어야 한다고 봅니다.

다만 어떠한 파장을 받을 것인가는 본인의 선천적인 부분이 역할을 하는 바 있습니다. 천기를 수신하는 방법이라든지, 천기를 수용한 후 사용하는 방법에 있어서 자신의 마음과 몸에 맞으면 그것이 효과가 나는 것입니다.

또한 선천적으로 그러한 조건을 갖추지 못하였더라도 후천적으로 노력하여 그러한 결과를 얻어내는 경우도 있습니다. 저의 경우 시, 서, 화는 한 가지 재능으로 발휘할 수 있는 부분이며 다른 것이 필요 없는 것이었습니다. 따라서 이러한 재능은 세 가지가 아니고 한 가지인 것입니다. 그 한 가지는 바로 미세한 감각을 읽어내는 것이었습니다.

대부분의 인간들이 조건을 원망하며 노력을 하지 않는 것은 자신의 능력을 계발할 의지가 없기 때문입니다. 다른 모든 것들이 수련으로 해결되듯, 이 의지 역시 수련으로 자체 내부에서 발생되는 것입니다.

의지는 자신이 가고자 하는 방향으로 가려는 집념이며 그 뜻을 이루려는 투철한 목적의식이기도 합니다. 따라서 인간에게 가장 중요한 것은 수련으로 이룩한 의지라고 할 수 있습니다. 의지가 없으면 아무것도 할 수 없습니다. 수련은 어떠한 의지를 가질 것인가에 대하여 알려줍니다.

사임당이란 이름은 중국 문왕의 부인을 그린다는 뜻이라고 하는데 맞는 말인지요?

이름이란 성이든, 호든, 자든, 본명이든 자신이 짓는 것이 아니라 부모님이나 스승이 지어서 내려주는 것입니다. 후손들이 나중에 제 이름에 대해 그렇게 말한다는 것을 들었으나 제가 사용하였으므로 저의 이름일 뿐, 다른 뜻은 중요치 않다고 생각합니다. 자신이 사용하면 자신의 이름인 것입니다. 사임당은 사임당으로 존재할 뿐 그 배경은 큰 의미가 없다고 생각합니다.

당시에 처첩을 허용하던 제도에 대하여는 어떻게 생각하셨는지요?

당시의 사회 전반의 분위기가 강자에 대하여 전리품을 인정해 주고 있었으며, 첩이라는 제도 역시 강한 남성에 대한 혜택이 아닌가 생각했습니다.

하지만 저의 경우는 제가 약해서가 아니라 남편과 떨어져서 사는 날들이 많다 보니 그러한 결과가 나온 것일 뿐 별다른 뜻은 없다고 생각했습니다.

남녀의 비율이 2:1이거나 1:2거나 아니면 그 이상이거나 그 비율이 중요한 것이 아니고, 상호 간에 1:1이 될 수 있는 사람들이 부부로서 서로 만나지 못한 것일 뿐 다른 숨은 의미는 없다고 봤습니다.

당시의 모든 사람들이 이러한 제도에 익숙해 있었던 것은 시대적 상황이며, 더 예전에는 여성 한 명이 남성 수 명을 데리고 살던 시절도 있었습니다. 이러한 것들은 인간이 만든 제도의 시행착오적인 면도 있다고 할 수 있습니다. 아직도 인간들은 모든 면에서 수없이 시행착오를 하고 있지 않은지요?

어떠한 면에서 말씀이신가요?

모든 면에서입니다. 수련으로 가는 길에 그러한 장애물이 없다는 것은 또한 의미가 없는 것이기도 합니다. 그러므로 수련을 하는 인간에게는 그러한 장애물이 오히려 일종의 혜택이라고까지 할 수 있는 것입니다.

세종
世宗

1397~1450 조선의 제4대 왕으로 '성군' 또는 '대왕'의 칭호가 붙는 세종은 이순신 장군과 함께 역사에서 가장 존경받는 인물이다. 이름은 도祹이며, 자는 원정이다. 세종은 재위 기간 동안 정치, 경제, 과학, 국방, 문화 등 다방면에서 업적을 남겨 찬란한 민족문화를 창달하였다. 1420년 집현전을 설치하고, 인재를 고르게 등용하는 등 이상적인 유교정치 구현에 힘썼으며, 누구나 쉽게 배울 수 있는 과학적인 문자인 훈민정음을 제정, 반포했다. 과학기술에도 두루 관심을 가져 측우기, 혼천의, 자격루 등의 발명을 전폭적으로 지지했고, 신분을 뛰어넘어 장영실, 최윤덕 등을 적극적으로 후원하였다.
국방에 있어서는 북으로 4군 6진을 개척하고, 남으로는 대마도를 정벌하였다. 그밖에도 법전과 문물제도 정비, 조세제도의 확립, 음악정리, 활자개량 등에도 업적을 남겼다. 특히 학문 장려에 힘쓰면서 『삼강행실』, 『농사직설』, 『자치통감훈의』, 『용비어천가』 등 각종 서적을 편찬케 했으며, 저서로는 『월인천강지곡』을 남겼다.

1

본성에게 문의하다.

세종은 한국이 낳은 가장 왕다운 왕 중의 한 사람이다. 세종의 경우 혈통상 이미 진실로 왕가가 된 이씨 집안의 손으로서 자신의 업무를 처리함에 많은 노력을 하였다. 세종은 머리보다는 가슴으로 일을 한 왕으로서 후세에도 그는 사람들의 가슴에 깊이 남아 있는 왕 중의 하나이다.

세종은 위리어성(Wirrer星 : 북극성 서서북쪽 옆으로 10도 정도 기울은 지점에 있는 별)에서 이 별을 관장하는 선인 중의 하나였다. 당시 특별한 임무를 가지지 않았던 세종은 지구에서 잠시 수련 겸 교화의 기회를 가질 수 있었던바, 이 시기에 많은 업적을 남기게 되었다.

타 수련생들은 수동적인 수련의 기회를 갖고 복귀하나 세종은 능동적인 업적을 쌓고 간 것이다. 대개 수련의 정도가 자연스레 외부로 유출되어 자신의 뜻을 펴고 돌아간 경우는 흔치 않다. 세종은 복귀하여 위리어성에서 ○등급으로 승급하여 계속 수련 중에 있다.

수련의 길에 든 모든 수련생은 우주기운의 일부이며, 이 기운이 진화하여 자신의 의사를 가질 수 있도록 진화하면 하나의 독립된 기운의 개체가 된다.

이 독립된 개체 중 보다 발전된 개체가 잔여 기운에 대한 영도적 위치에 서게 되는바, 이러한 개체로서 위리어성의 세종은 상당한 경지에 이르렀던 것이다.

원래 체내의 기운을 변화시켜 상승하기보다는 지식의 습득에 노력하여 변화를 추구하던 스타일로서 그 방법을 지상에서 잘 활용한 유형이다. 세종과 같은 유형은 자주 오지는 않는다.

기운으로 변화를 꾀하는 유형의 수련생은 와도 별로 자리가 돋보이지 않으며 심지어는 왔다 갔는지 여부도 모르는 경우가 많다. 서민의 한 사람으로서 생활하다가 귀천하면 지상에는 변화가 없는 채 돌아가게 된다.

세종은 수련생 중 기적氣的인 것보다 인간적인 것을 많이 추구하였으며, 이러한 방법은 속俗에서 잘 형성되고 힘을 받아 당시의 인간들에게 잘 이해될 수 있었던 것이다.

'스케줄'을 능동적으로 바꾸어놓으므로 다양한 과학 기계를 지상에 내려보냈던 것인바, 다른 선인들 같으면 그대로 돌아갔을 일이다.

인간들에게 많은 도움이 되었으나, 과학 기술이 인간의 원래 감각을 막는 면도 있으므로 수련 면에서는 긍정적인 면과 부정적인 면이 공존한다.

우주에서 생명체가 있는 별을 10개 등급으로 구분한다. 이 중 위리어성은 6등급에 해당하는 별로서, 우주에서 6등급 이상은 문명체가 있는 별이다. 문명이란 어느 정도의 정신적인 기반이 조성되어 이것이 발전의 요소가 될 수 있는 것을 말한다. 세종은 이러한 문명이 진화된 별에서 고문 정도의 위치에 있으면서 연구를 하고 있었던 선인이다. 헤로도토스는 9등급성이며 지구는 6등급성이다.

위리어성의 기운은 의통醫通과 관련된 기운이다. 따라서 의통을 얻고자 하거나 몸에 병이 있을 경우 위리어성의 기운을 집중적으로 받으면 쉽게 낫는다.

2

세종 선인과의 두 번째 대화는 『본성과의 대화 4권』 '수련원 개원 이후'에 소개되어 있습니다.

반갑습니다.

기다리고 있었습니다.

전에 말씀하신 대로 수련법을 말씀해주시지요.

그러겠습니다.

우선 질문을 하나 드리겠습니다. 민족의 저력은 어디에서 나온다고 보시는지요?

사람의 머리에서 나온다고 봅니다.

사람의 머리는 어떻게 작동합니까?

생각에 의해 작동합니다.

생각은 어떻게 하여야 하는지요?

바르게 하여야 합니다.

어떻게 바르게 하는지요?

자신을 알아야 합니다.

어떻게 자신을 아는지요?

자신의 위치를 알고 자신이 나갈 바를 알아야 합니다.

어떻게 자신의 위치를 알 수 있는지요?

가만히 자신을 돌아보면 됩니다. 자신이 무엇을 좋아했고, 무엇을 하고 싶었으며, 무엇을 위하여 살아가고 있는지 생각해보면 그 속에서 답이 나올 것입니다.

그것을 알기 위해서는 어떠한 방법이 가장 나은지요?

우선 주변의 모든 것을 분석할 수 있어야 합니다. 분석은 자신의 모든 것을 알고 나서 하는 것을 전제로 합니다. 수련법을 소개하겠습니다.

* 수련법은 생략합니다.

이것이 다인지요?

아닙니다. 극히 일부에 지나지 않습니다. 정신계가 어찌 그렇게 간단하다고 생각하십니까?

언제 다시 알려줄 것인지요?

계속할 것입니다. 수련 방법은 보안을 요합니다. 다음 과정에 무엇이 있는지에 대한 것조차도 수련생들에게는 비밀로 함이 필요합니다.

나쁜 뜻에서 비밀로 하자는 것이 아니라 기대감을 갖고 자신에 맞추어나가도록 하기 위한 것입니다. 사람마다 가야 할 길이 다르므로 다른 사람과 비교치 않도록 하여주는 것도 필요하다고 봅니다.

수련의 명칭은 '정신 수련'이 맞는지요?
아니면 다른 좋은 이름이 있으십니까?

아직 생각해보지 않았습니다.

혹시 다른 이름을 쓰실 생각이라면 '자각自覺 수련'이라고 하는 것이 좋을 것입니다. 자기 자신을 깨달아나가는 수련이기 때문입니다. 수련에서 가장 중요한 단계입니다.

그것이 좋을 것 같습니다. '자각 수련 1단계, 2단계'로 하면 어떻겠습니까?

좋습니다.

그런데 이것을 왜 이제야 알려주시는지요?

지금부터 하시면 됩니다. 할 단계가 되었기 때문입니다. 지금쯤 제가 아니더라도 다른 사람이 이것을 알려드렸을 것입니다.

'자각 수련'의 전前 단계로서 마음을 맑게 하는 수련이 필요치 않은지요? '자각 수련'만 해도 상당한 훈련이 필요한 것 같습니다.

필요합니다. 마음을 맑게 하는 수련은 호흡을 잡으면 됩니다. 호흡을 잡는 법에 대하여는 다시 알려드리겠습니다. '자각 수련'은 말이 쉽지 절대로 쉬운 수련이 아닙니다.

자신을 느껴본 적이 없는 사람이 금방 자신을 느낄 수는 없는 법입니다. 따라서 평소에 느낌을 키워야 합니다. 평소에 느낌을 키우는 방법에 대하여는 지속적으로 알려드릴 생각입니다.

이 느낌으로 어디까지 갈 수 있는지요?

전부입니다. 어디에도 갈 수 있습니다. 우주의 모든 것은 느낌으로 확인하는 것이며, 이 느낌에 대한 결과가 정확하여 더 이상 재론할 것이 없습니다.

알았습니다. 내일은 중급 과정인지요?

현재의 과정 중 1번에서 5번까지가 초급 과정이고, 이것은 '심공 수련' 시작 시부터 할 것을 필요로 합니다.

6번부터 10번까지가 중급 과정입니다. 다음에는 우주를 느끼는 것이 있으며 이것이 상급 과정입니다.

알았습니다.

3

'자각 수련 3단계'는 본격적인 의식 호흡단계입니다. 자신이 누구인가 하는 것 역시 호흡으로 찾아 들어가야 하며, 이 이상의 단계 역시 호흡을 통하지 않고는 절대 갈 수 없습니다. 호흡은 이 수련에 있어 절대 명제입니다.

호흡만이 우주기운을 받아들일 수 있으며, 이 호흡으로 인하여 수련생들이 소기의 목적을 달성할 수 있습니다. 호흡은 절대로 잔잔하게 할 것을 요합니다. 소리가 나서도 안 되며, 숨결이 거칠어서도 안 됩니다. 호흡을 하면서 아래 구절을 따라 합니다.

* 수련법은 생략합니다.

선인이 된다는 것은 인간으로서 가장 큰 혜택을 받음을 뜻합니다. 인간이 만물의 영장이란 뜻은 인간 그 자체로 끝나지 않고 그 차원을 달리하여 다른 개체로 변화할 수 있음을 말하는 것입니다.

무생물에서 식물로, 식물에서 동물로, 동물에서 인간으로, 인간에서 선인으로의 변화 중 마지막 '선인화仙人化 단계'는 서민이 대통

령이 되는 것 따위와는 비교할 수 없는 값어치가 있는 것입니다.

식물 역시 고귀한 영혼을 가지고 있으나, 자신의 뜻을 보다 완곡하게 표현할 수밖에 없는 한계를 지닙니다. 갈대가 바람에 눕는 것은 순응함을 나타내는 것입니다. 소나무가 꼿꼿이 서 있는 것은 굽히기 싫음을 나타내는 것이며, 대나무가 한 결로 쪼개지는 것은 부러지기 싫은 것을 나타내는 것입니다.

식물 역시 자신이 가지고 있는 기운을 비非언어적인 방법으로 표현합니다. 다른 존재(동물이나 사람 등)에게 전달되는 비율은 1% 이내입니다.

동물은 다소 언어적인 방법으로 표현합니다. 이들이 말을 하지 않는다고 해서 의사가 없는 것은 아니며, 다만 인간의 말을 하지 않을 뿐이지 자신들끼리의 의사소통은 하고 있는 것입니다.

동물의 언어는 인간에게 5% 정도의 전달 능력을 가집니다. 인간은 언어를 통하여 자신의 의사를 표현합니다. 인간의 언어는 글, 그림, 시, 소설, 연극 등으로 표현되며 이것을 통하여 자신의 뜻을 다른 사람에게 전합니다.

인간끼리 인간의 언어로 다른 사람에게 자신의 뜻을 전달하여 상대가 인식할 수 있는 정확도는 모든 수단을 통틀어 30% 정도입니다.

선인은 이러한 과정을 거치지 않고 직통으로 작용하는 언어를 사용하며, 이것은 일체의 과정이 투명하여 더 이상 속일 수 없는 100% 순수가 가능합니다.

따라서 선계의 진입은 인간이 완전한 자기 정화를 이루어야 가능한 것입니다. '선계수련'을 정심正心으로 하면 선인이 될 수 있습니다. 정심으로 드는 방법은 호흡입니다. 호흡과 의식이 하나가 되었을 때 정심으로 들 수 있습니다.

4

하늘의 이치는 모두 같습니다. 사람이 태어나고 돌아가는 것이 하늘의 일이로되 그 사이에 어떠한 일을 하는 것은 모두 자신의 일입니다. 하늘의 뜻이 전혀 없는 것은 아니나 대부분이 스스로 해결할 수 있으며 자신이 설계하여 살아갈 수 있는 것입니다.

자신에게 보람 있는 일을 하기 위해서는 스스로 뜻을 세우는 것이 중요합니다. 이 뜻이란 자신이 나아갈 바를 가리킵니다. 세상은 좁은 것 같아도 넓고, 넓은 것 같아도 좁은 것입니다.

모든 일이 이와 같아 어려운 것 같아도 쉬우며, 쉬운 것 같아도 어려우니 이것은 마음먹기에 따라 이 세상이 얼마나 달라질 수 있는가 하는 것을 보여줍니다.

수련 역시 이와 같습니다. 가장 마음먹은 대로 갈 수 있는 것이 수련이요, 또한 가장 마음먹은 대로 갈 수 없는 것이 수련이기도 한 것입니다. 이 결정은 모두 자신이 합니다. 스스로 할 수 있다고 마음먹고 하면 되는 것이요, 나는 안 된다고 생각하고 하면 절대로 안 되는 것입니다.

자신을 만들어나가는 것은 자신입니다. 남에 의해 자신이 만들어진다는 것은 수련생으로서 가장 망신스러워하여야 할 일인 것입니다. 타인이 만든 자신은 자신처럼 보일 수는 있어도 결국 타인입니다.

어디까지나 자신은 자신이며, 스스로 만들어가야 하는 것 역시 자신인 것입니다. 먼지 하나, 물 한 방울이라도 스스로 만들어나갈 것을 요합니다.

지금은 자신을 통하여 본래의 자신을 찾아갈 수 있는 자신을 만들고, 이 자신을 통하여 본래의 자신이 되는 것, 이것이야말로 사람으로 태어나서 가장 할 만한 일이며, 하여야 할 일인 것입니다.

인간이 모두 같은 인간이 아닌 것은 이러한 과정을 통하여 자신을 발견할 수 있는 역량을 갖추느냐 아니냐에 달려 있습니다. 선천적으로 안 되는 사람도 후천적으로 하고자 하면 되는 것이요, 선천적으로 가능하도록 '프로그램'된 사람이라도 후천적으로 안 된다고 생각하고 덤비면 안 되는 것입니다.

이것이 바로 인간의 장점이자 단점인 것입니다. 같은 무기로 전쟁을 하면서도 승패가 나뉘는 이유가 여기에 있습니다. 승패란 인간의 마음이 외부로 표현되는 방법이며, 이것이 전부는 아닙니다.

하지만 가장 중요한 일부인 것입니다. 승기를 잡은 인간은 더욱 상승할 수 있는 것이며, 패배를 한 인간은 하락할 수 있으나 이것의 반동을 이용하면 다시 탄력을 받아 뛸 수 있는 것입니다.

인간이 가지고 있는 두려움은 인간을 가장 인간답게 해줍니다. 특히 인간의 모든 것을 가장 잘 내려다보고 있는 하늘과 우주에 대한 두려움은 인간이 갖추어야 할 가장 필요한 마음가짐 중의 하나입니다.

수련이란 자신을 찾아 나가는 과정입니다. 이 과정은 세상의 모든 것을 통해 전수됩니다. 하찮은 것이 없는 것이며, 대단한 것도 없는 것이니 다만 한 가지 대단한 것이라면 하늘의 뜻을 읽어 자신을 찾아갈 수 있는 마음가짐을 갖추는 것입니다.

이순신

李舜臣

1545~1598 조선 중기의 명장으로 우리 역사에서 가장 위대한 인물이자, '성웅'으로 추앙받는다. 자는 여해이며, 시호는 충무이다. 1592년 임진왜란을 맞아 나라를 잃을 위기에 처했을 때 신출귀몰한 전법으로 왜군을 물리쳐 나라를 구한 영웅이 되었다.

이순신은 본인 스스로에게는 엄격하고 청렴했으며, 가장으로서는 홀로 계신 노모에게 효도를 다하였고, 부모를 일찍 여읜 조카들을 친자식처럼 사랑하였다. 장수로서는 뛰어난 지도력, 탁월한 지략, 능수능란한 전략과 전술로 부하들을 잘 통솔하였다. 임진왜란 초반에는 군관 나대용과 함께 개발한 세계 최초의 철갑선인 '거북선'으로 승리하였으며, 이후 세계 해전사에서 전무후무한 23전 23승이라는 기록을 남겼으나, 마지막 전투인 노량해전에서 전사하였다. 또한 이순신은 시문에도 능하여 시조 및 한시와 『난중일기』 등의 작품을 남겼다.

1

본성에게 문의하다.

이순신은 지구에서 1,600억 광년 떨어진 곳에 있는 자류성의 성인聖人이었다. 그의 임무는 지구에 내려와 전쟁(공격과 방어)에 관한 법을 알려주고, 이 와중에서 변천하는 사람들의 심성을 확인하는 일이었으며, 따라서 선인으로서 악인의 모함을 받는 등 고초를 겪었던 것이다.

순신의 자류성에서의 본명은 '리켈(한국명 : 주석)'이며 자류성에서 하던 일은 공구를 만드는 일이었다. 순신이 만든 공구는 전 우주에서 요긴하게 사용되었으며, 그중 고급품은 선계의 최상층까지 사용하였다.

종류는 대개 지상에 내려가는 선인들이 가지고 갈 것들이었다. 순신은 선계의 등급으로 ○등급이다. 순신의 경우 예지력이 뛰어나 범사의 경우 60만 년 앞까지 내다볼 수 있었다. 우주의 '스케줄'에 사전 고지되는 것이 있기는 하나, 모든 것이 대체로 흘러가는 대로 가게 되어 있으므로, 40% 정도는 알 수 있도록 되어 있으나, 이 상태에서 1%의 확률을 높이는 것은 상당한 노력이 필요하다.

순신의 영체는 약 5만 년의 존속 기간 중 5회 정도 지구에 다녀갔으며, 조선 시대 이후 유럽에 한 번, 중국에 한 번 다녀간 일이 있다. 순신의 경우 외부적인 기록 이외에 별도의 기록이 별로 없을 것이므로 연구해도 나올 수 있는 자료가 그리 흔치 않을 것이다.

중국과 유럽에서의 활동상은 전사戰史의 일부로서 남아 있을 것이다. 상당히 맑고 고급화된 파장으로 가까운 거리를 평안하게 하는 일이 그의 특기이다. 자류성은 정북과 정동의 가운데에서 동쪽으로 1/3 정도 간 곳에 있는 꽤 밝은 빛이 나는 별이다.

이 부근에 자류 성단이 있으며, 자류 성단의 중심이 되는 별이 자류성이다. 자류 성단에는 태양계가 200여 개 있으며 이 중에서 문화를 가지고 있는 계가 60여 개, 선인의 경지에 오른 기인氣人들이 약 50만 명 정도 된다.

자류 성단의 경우 자체에서 모든 과업의 풀이(업장 해소)가 가능한바, 순신의 경우 지구에 와서 한 생生의 해업을 하고 돌아가게 되었다. 순신은 지구에 내려와 중생 수업을 하고 돌아간 선인들 중 상당히 우수한 선인 중의 하나였으며, 앞으로 지상에 큰 전쟁이 발발하면 다시 올 예정으로 있다.

다시 오더라도 아마 한국에서 태어날 확률이 높다. 아주 급하면 이미 태어난 사람의 몸을 빌리는 경우도 있다. 이러한 경우에는 갑자기 사람이 바뀌게 된다. 현재 자류 성단에서 지구에 와 있는 선인들은 약 230명(노출), 50명(비노출) 정도이다. 모두 상당한 수준에서 인간의 희로애락을 보고 있다고 생각하면 된다.

2

순신의 경우 인류에게 상당한 영향을 끼친 선인 중의 하나이다. 또한 남긴 족적이 상당히 선명한 선인 중의 하나이다. 그의 독특한 파장은 자류인들만의 파장이며 이러한 파장이 자류 성단으로 하여금 모든 사태에 대하여 명쾌한 정리를 가능케 하여 오늘날의 발전을 이룰 수 있도록 한 것이다.

자류성 특유의 빛은 아주 연보랏빛이며 이 빛은 항시 깨끗하면서도 맑은 영혼을 가질 수 있도록 해준다. 자류 성단의 선인 중 지구에서 수업을 하고 돌아간 사람이 약 3,000명 정도 된다. 이들은 지구에서의 경험을 기반으로 하여 자류 성단의 분위기를 보다 온화한 방향으로 바꾸는 역할을 하고 있다.

현재까지의 자류 성단의 평균 기온이 섭씨 영하 2~3도로서 약간 차가운 곳이다. 이 성단에서는 이 정도의 온도가 정상적인 온도이며 따라서 자류 성단의 물은 빙점(별에 따라 다르다)이 영하 25도 정도로 되어 있다. 자류인의 특징은 상당히 냉정한 이성을 소유하고 있다는 것이며, 모든 사태의 파악과 해답의 도출에서 감정적인 면에 치우침이 없다.

이러한 자류성 특유의 기질은 모든 면에서 우주의 율법을 세우는 데 많은 기여를 하였으며, 우주의 수많은 율법 중 자류 성단의 율법이 공통적으로 사용되는 비율이 22% 정도에 이른다.

수많은 성단이 있으나 한 성단의 율법이 이렇게 많이 사용되는 것은 상당히 이례적인 일이다. 지구의 율법 중 상당히 엄한 것은 자류 성단의 율법의 영향을 받은 것도 있으니, 형법처럼 타인의 행동을 심판하는 법률과 유사하다.

허나 자류인들은 이러한 율법에 전혀 영향을 받지 않고 생활하고 있는바, 그들의 생활 방식이 상당히 준법적이므로 지구인의 입장에서 보면 율법의 범위가 상당히 좁아 보여도, 그들의 입장에서는 이러한 율법이 그들의 생활을 규율하는 범위가 넉넉하기 때문이다. 자류법은 우주학 연구 중 하나의 독특한 분야로 연구해볼 만하다. 순신은 이러한 분위기에서 태어나 상당한 준법적인 사고를 가졌으며, 이러한 사고를 기반으로 자신의 생을 조선에 맞도록 변화시켰다.

자류인들이 수업을 하는 장소로는 대체로 한반도가 선택되었다. 이렇게 된 이유는 주변에 냉한 해류가 흘러 상시 기운을 보충하기 쉬웠으며, 맑은 기운이 상당량 내재된 태평양 기운을 일본 열도에서 한 번 거른 후라서 다시 받아 사용하기에 좋은 곳이고, 대륙의 기운을 바다와 연결시키므로 기운의 융화를 도모할 수 있는 곳이기 때문이다. 순신은 바다의 냉기와 자신의 의지를 결합하여 기운을 시험해볼 수 있었다.

3

순신의 기운은 약간 중화된 냉기로서 주변의 사람들이 보면 상당히 곧고 바른 사람임을 알 수 있는 기운이었다. 기화氣化된 성인이라도 육신을 가지고 있는 이상 몸의 고통은 인간과 마찬가지이며, 기적인 상태 하에서 자신의 신분을 알게 되기까지는 자신의 업보에 대한 인식이 없으므로 인간과 동일한 심적 스트레스를 받게 된다.

순신의 경우 25세가 다 되도록 자신이 기계氣界의 인류로서 교육 목적을 띠고 조선에 왔음을 알지 못하였으나, 어느 날 밤 갑자기 앞의 허공에 나타난 선인의 메시지를 받고 자신의 길을 알게 되었다.

이후 순신은 자신의 길을 찾아 지속적으로 연구를 거듭하여오던 중, 당시 한반도의 운명과 순신의 기운을 시험코자 하였던 자류성 지도부의 판단이 종합적으로 작용하여 왜란의 가운데서 자신의 역량을 발휘하게 되었다.

전시戰時 내내 자신의 판단과 선인의 지도로 승리를 이끌었으나 중도에 자신의 명命을 깨달아 육신을 포기하였다. 이러한 경우는 자신을 밝힐 수는 없으나 인류에게 교훈을 남기고자 한 사람들이 주로 사용하는 방법이다.

순신의 기질은 자류인 치고는 상당히 따뜻한 편이었으며 현재도 다른 자류인보다는 더운 기운을 가지고 수련 중에 있다. 자류성단에서 문화가 있는 약 60개의 은하계는 모두 각각의 특성을 가지며, 이들 별을 이루고 있는 물질은 기의 결정체이되 아주 차가운 상태에서 서로 혼합될 수 있어 극히 에너지의 소모가 적은 별들이다.

금속성 기운을 하나로 용해시키는 데, 지구에서와 같이 용접기 등 물질 분자의 이동을 촉진시키는 방법이 필요 없으므로, 전혀 온도를 상승시킬 일이 없다. 있는 그대로의 상태에서 혼합이 가능하고 분리가 가능하며 새로운 모형을 만들어낼 수 있다.

지구의 경우 물질의 변형은 거의 열을 가하여 이루어지고 있으며, 열을 가하지 않고 변형되는 경우는 별로 없는 것에 비하여 볼 때, 앞으로 지구에서 연구하면 상당한 도움이 될 것이다. 자류성의 경우 영하 200도면 200도, 영하 300도면 300도에서 그대로 물질을 합금시키거나 성분의 분리가 가능하며, 또한 그 상태가 이전의 경우와 동일하게 되므로 특별한 정신적인 에너지나 육체적인 에너지의 필요가 없었다.

이러한 자류성의 물질 법칙은 고도의 정신과학에 근거하고 있으며, 이러한 정신과학의 기반 위에 성립하는 과학은 물질의 상부에 위치하므로 어떠한 물질의 변형도 온도와 무관하게 자유로

이 사용할 수 있었던 것이다.

물질을 차가운 상태에서 다룰수록 에너지는 적게 드는 것이며 우주 본래의 재질을 변화시키지 않고 사용할 수 있다.

자류 성단은 모두 11개의 대은하단과 5개의 소은하단으로 구성되어 있으며, 하나의 은하단은 30~60여 개의 은하로 구성되어 있다. 한 개의 은하는 약 30만~85만 개 정도의 별로 구성되어 있으며, 각각의 은하에서 진화된 인류가 생존하는 별은 20~30개 정도이다. 이 중 지구에까지 영향을 미칠 수 있는 별은 50개 정도이며 이러한 별에서는 전 우주의 모든 문명화한 별들과 교류를 하고 있다. 이 많은 별들 중 가장 중심이 되는 별이 자류성이다.

4

하늘의 뜻은 모두 공평하지 않은 것이 없다. 모든 인간에게 동일한 기회를 부여하며 모든 인간에게 동일한 과업을 부여한 것이다. 그러나 이것을 알고 모르고의 차이는 결정적인 결과의 차이를 낳는다.

원래 선계의 인간이 있고 지구의 인간이 있는 것이 아니며 선계의 인간과 지구의 인간은 모두 한마음인 것이다. 그러나 인간이 스스로 발전의 계기를 만들고 못 만들고의 차이를 지님에 따라 같은 인간끼리도 상당한 차이를 낳게 되었다.

인간은 그 자체로 오행이 갖추어진 상태이며, 음양은 남녀 간에 상호 보완하도록 되어 있다. 따라서 인간의 생활에는 남녀의 만남이 필수적이나 서로 자신의 성적性的 성격을 선명히 하기 위하여 금촉을 필요로 하는 것이다.

이 과정에서 선명해진 자신의 성격으로 지속적인 수련을 할 수 있으면 그러한 방법으로 신속한 수련의 길을 가는 것이요, 그렇지 않으면 선명하지 않은 상태에서 천천히 갈 수밖에 없는 것이다.

순신의 경우 상대방이 없이 갈 수 있는 체질이었다. 순신 정도의 냉한 기질은 상대 없이 스스로의 내부에서 모든 것을 조달하며 갈 수 있다. 더운 기질은 주변에서 계속 온기를 보충하며 가야 하지만 냉한 기질은 자체에서 모든 것을 보충할 수 있게 되는 것이다.

수련을 오래 한 사람에게서 나오는 파장은 극히 낮은 주파수이다. 이러한 주파수는 냉한 기질과 동일한 파장을 내므로 모든 영역의 기인氣人들과 교신이 가능한 것이다. 인간의 몸에서 나오는 열은 몸을 보호하기 위한 것으로서 마음의 파장에서 나오는 저주파수의 파장과 다르다.

몸은 덥되 마음의 파장은 냉한 것이다. 순신은 그의 주변에 자신과 교류할 수 있는 사람이 없었으며, 따라서 스스로 모든 것을 해결하며 살아갈 수밖에 없었던 것이다. 자신이 커서 수련을 함으로써 자류성과 파장의 일치를 가져올 때까지는 보통 인간과 비슷한 성장 과정을 거쳤으며, 따라서 보통 인간으로서 있을 수 있는 일화를 가지고 살아왔던 것이다.

순신의 파장을 연구하면 대부분의 사람들이 수련으로 도달할 수 있는 단계에 갈 수 있을 것이다. 보통 사람의 수련으로 1년 정도 호흡에 몰두하여야 갈 수 있는 파장이다. 잡념이 끼어들면 5년에서 10년도 더 걸릴 수 있는 기간이다.

자류성의 기운은 예지 능력과 관련된 기운이다. 따라서 예지 능력을 키우고 싶으면 자류성의 기운을 집중적으로 받으면 된다.

5

반갑습니다. 이 선인의 지구에서의 역할은 무엇이었는지요?

제가 태어나서 일을 할 수 있었던 시기는 조선에서 전쟁이 있었던 때입니다. 선배들이 그 시기를 택하여 저를 내려보냈던 것입니다. 인간의 수명은 불과 60여 년 남짓하며, 이 시간 동안에 할 수 있는 일은 별로 없을 것으로 보였습니다. 한데 지구에 와서 보니 그것이 아니었습니다.

어려서는 몰랐으나 점차 자라면서 제가 선계에서 유학 온 것임을 알고 나서는, 저의 수련을 위한 길은 지상의 승패勝敗에 개입하여 이것을 조정하는 과정에서 찾아야 함을 알았습니다.

이것을 조정한다 함은 기운의 방향을 조정하여 흘러야 할 곳으로 흐르도록 하는 것입니다. 흐르는 방향이란 순향이며 역향이 아니므로 모든 인류가 원하는 방향, 즉 평화의 방향으로 흘러야 하는 것이지, 전쟁으로 흘러야 하는 것이 아님을 말하는 것입니다.

허나 순리보다는 역리가 반을 차지하는 이 지구의 조건 속에서, 다양한 인간들이 조성하는 기운끼리의 투쟁은 항상 전쟁의 가능성을 열어놓고 파괴적인 투쟁을 하게 만들고 있었습니다.

이러한 투쟁을 조정하는 역할은 선인들이 담당하고 있는 경우가 많습니다. 선인들 중 30% 정도는 기운의 조정을 담당하고 있습니다.

이 기운의 조정을 담당하고 있는 선인들은 우주의 각지에서 다양한 조정 활동을 펴고 있는데, 이들의 능력만으로 안 되는 경우는, 당시의 인간들이 만들어놓은 대세(큰 기운의 흐름)가 한 선인의 작은 기운으로는 감당키 어려울 만큼 클 때입니다.

하지만 영원히 잘못되는 것은 없으며, 대부분의 경우 정正의 방향으로 가게 됩니다. 이러한 정의 방향은 다수가 원하는 방향이며, 이 방향은 평화입니다. 우주에 존재하는 대부분의 의사 집단(자신의 뜻을 가지고 있는 진화된 생명체)들은 평화를 위해 일하나, 헛된 망령에 젖은 이해 집단(권력자라고도 하는)들에 의해 기운의 충돌이 있어 왔습니다.

이러한 기운의 충돌에 있어서 일방적으로 밀리는 경우는, 다른 한 편이 기적氣的으로 제압할 수 있는 때입니다. 따라서 한 쪽의 붕괴를 가져와 그 자리에 새로운 기운의 형성을 가능케 하므로, 충돌은 일부 선인들에 의해 신기新氣 창출創出의 방법으로 사용되기도 하였던 방법입니다.

허나 물리적인 충돌이 아닌 기적氣的인 충돌로서 자연력에 의한 방법을 사용하는 경우가 대부분입니다. 즉 폭풍이나 지진, 해일, 태풍 등입니다. 이러한 것들은 대부분 순리에 의한 것들입니다.

인간들에 의해서 일어나는 것은 대부분 이러한 기적氣的인 순리에 거슬러 역리로 돌아가는 것들이 대부분이었습니다. 따라서 저의 입장에서는 이것을 조정하는 것이 중요한 임무 중의 하나로 생각되었습니다.

6

전쟁에서의 승패는 기운을 어떻게 이용하느냐에 달려 있습니다. 기운의 이용이란 상대가 약할 때는 이쪽이 별로 강하지 않아도 이길 수 있는 것이며, 상대가 강할 때는 이쪽이 더 강하여야 한다는 것입니다.

허나 상대보다 계속 강할 수는 없으므로 지는 경우도 있으며, 상대가 약하게 되었을 경우 이쪽이 비교 우위의 관점에서 공격을 하면 이길 수도 있는 것입니다. 제가 이러한 기운의 이용에 대한 순리를 터득한 것은 어려서 기운의 움직임을 보고 나서입니다. 임진왜란 당시의 저의 전법은 기운을 다소 이치에 맞도록 이용하여 적의 약점을 공격한 것뿐입니다.

아주 어렸을 때 어느 날 저녁, 동네 아이들과 칼싸움을 하고 있었습니다. 한데 힘도 없고 싸움도 잘 못하는 아이가 칼싸움만은 번번이 다른 아이들을 이기는 것이었습니다. 동작도 빠르지 않고, 키도 중간 정도이며, 특별히 다른 재능을 보이지 않고 있던 아이였습니다.

이 아이의 목검에 다른 친구들이 전부 패하는 것이었습니다. 저는 가만히 옆에서 이 아이의 검술을 지켜보았습니다. 기운을 잘 응용하는 것이었습니다. 상대가 쳐들어오면 피하고 다시 쳐들어가는 것이 부드럽기 그지없었습니다. 전혀 힘이 들어 보이지 않으면서도 정확하게 상대의 급소를 공략하는 것이었습니다.

이러한 칼싸움은 제가 아직까지 본 적이 없는 것이었습니다. 아직 검법이라고 할 것까지는 없으나, 군인들이 연습하는 칼싸움보다 나으면 나았지 결코 못하지 않아 보였습니다.

그날 이후 저는 그 아이의 칼싸움 방법을 자꾸 생각하였습니다. 어떻게 하면 그 아이를 이길 수 있을 것인가에 대하여 연구에 연구를 거듭하였습니다. 어느 날 밤 잠결에 누군가 부르는 소리가 들려 밖으로 나가자 그 아이가 어둠 속에 서 있었습니다.

"웬일이야? 이 밤중에…."

"응. 나 이제 가야 할 때가 다 되었어. 혹시 필요할 것 같아 내가 쓰던 칼을 주고 가려구."

"왜?"

"네게 필요할 것 같아."

그 아이가 주려는 칼은 우리가 장난으로 칼싸움을 할 때 사용하던 목검이었습니다.

"어디로 가는데?"

"아주 멀리."
"언제 오는데?"
"여기로는 안 와. 하지만 너와 다시 만나게 될 거야."
"…… 서운하구나."
"괜찮아. 이 칼은 잘 간직해야 해. 그리고 매일 이 시간에 연습을 하면 비법을 알 수 있어."

당시의 시간은 새벽 3시경이었습니다.

"그래. 고마워."

그 아이는 떠나갔습니다. 그날 이후 저는 그 칼을 가지고 검법을 연습하였습니다. 한데 그 칼은 기운을 타는 칼이었습니다. 무엇인가 그 칼을 이끄는 움직임을 따라가다 보면 검법이 되는 것이었습니다. 저는 저의 마음과 그 칼이 기운으로 연결되어 있음을 알았습니다. 당시에 이미 저는 경혈이 열려 있었던 것입니다.

저는 세 살 무렵, 경기를 일으켜 의사의 치료를 받은 적이 있었는데, 당시 의사분께서 저의 두상을 보시고 나라를 구할 인재라고 하시며 최선을 다하여 치료하고 난 후, 한약을 복용시킨 상태에서 저의 경혈을 3일에 걸쳐 열어주신 적이 있었습니다. 그 후 이분과는 다시 인연이 되지 않았습니다.

7

저는 열린 경혈에서 가끔 기운이 새나오는 것을 느꼈는데 이것은 저의 몸에서 나오는 탁기였습니다. 주로 용천과 장심, 명문, 명치 등에서 탁기가 나가는 것이 느껴졌는데, 때로는 따뜻하기도 하고, 때로는 차갑기도 하였습니다.

처음에는 이것이 무엇인가 하고 생각하였으나, 이러한 느낌이 계속 있으면서도 몸에 큰 지장이 없었으며, 오히려 가벼워지는 것 같은 기분이 들어 그대로 있었습니다. 나중에 생각해보니 이때 제가 느꼈던 기운은 아주 미약한 기운으로서, 보통 사람의 감각으로는 도저히 느낄 수 없는 정도의 약한 기운이었던 것 같습니다.

하지만 당시 저의 경혈이 열려 있었으므로 상당한 정도의 느낌이 왔던 것입니다. 저의 몸에서 자정 작용이 지속되면서 미세한 탁기도 걸러 내보내는 일이 수년간 계속되자, 이러한 느낌은 점차 사그라져 갔으며, 10여 세 이후에는 정상적인 감각이 되었습니다.

허나 당시 저의 몸은 수년간 탁기가 나가고 강력한 기운으로 충전된 상태이므로 아주 활기찬 기운이 흐르고 있었습니다. 당시에는 아이들과 칼싸움을 하는 것이 놀이 중의 하나였는데, 어느 날 예전의 그 아이가 준 목검이 어디엔가 있을 것 같은 생각이 들었습니다.

다락방 어디엔가 있을 것 같았습니다. 당시에 소중하게 간직하느라 너무 깊이 묻어두었던 것입니다. 그런 관계로 찾지 못하다가 나중에 그 목검을 찾아내었습니다. 먼지가 많이 쌓여 있는 구석에 그 목검이 있었습니다. 나무로 만들어진 그 칼이 무슨 재목을 사용했는지는 알 수가 없었습니다.

먼지를 털고 나서 그 목검을 잡자 찌릿하게 팔 전체에 기운이 전달되어왔습니다. 경혈이 열리지 않았으면 알 수 없을 만큼의 감각이었으나, 이미 경혈을 열어 주변의 기운을 느낄 수 있는 단계에 있었던 저는 그 감각을 알 수 있었습니다.

이것은 칼에 농축되어 있던 기운이 저의 기운에 동화되며 들어오는 감각으로서, 이 칼이 지금부터 저의 것이 된다는 것을 전달해주는 메시지였습니다. 원래 어떠한 물건이든 자신의 의사를 가지고 있어 그 의사가 주인에게 전달되도록 되어 있는바, 지구에서 어떠한 물건에 주술적인 의미를 부여하여 생물화하는 도깨비 같은 경우가 그러한 것입니다.

이것은 환상이 아니라 영계에서는 실제로 있는 일로서, 어떤 물건을 보고 기운을 느꼈다는 것은 인간이 그 순간 기운의 세계인 영계에 들어가 있음을 나타냅니다. 이 칼을 잡은 순간 저의 팔에

온 그 감각은 그 칼이 저의 것이 되었음을 나타내는 바로 그것이었습니다.

저는 칼의 손잡이를 잡고 가만히 기운을 느껴보았습니다. 오른쪽으로, 왼쪽으로, 위로, 아래로, 가만히 미는 힘이 있었습니다. 이 기운을 따라 저의 팔에 힘을 빼고 있자, 스스로 칼이 움직이며 어떠한 형상을 그리는 것이었습니다.

인간의 모습이었습니다. 칼이 그린 그림은 바로 사람의 모습이었던 것입니다. 아무것도 입지 않은 사람이었습니다.

8

도중에 잠시 물어보겠습니다. 이 선인이 임란 당시 역사상으로는 사망한 것으로 쓰여 있으나 사실상 더 오래 살아 있었다는 것이 사실인지요?

그렇지 않습니다. 저는 당시 이 결전으로 임란이 끝날 것으로 알고 있었으므로 물러간 것입니다. 더 있고 싶었으면 더 있을 수 있었습니다만 그럴 필요가 없었습니다. 있고 싶었으면 그 연장선상에서 더 있었을 것입니다. 당시에는 제가 지상에서 하여야 할 일이 완수되었을뿐더러, 더 이상 존재한다는 것이 의미가 없는 것으로 생각되었습니다.

그렇게 가지 않고 다른 방법도 있지 않았는지요?

더 머무르다가 가면 전쟁이 끝난 후가 되므로 번잡스럽기 그지없는 모양새로 가게 될뿐더러, 그러한 모습이 저를 못마땅하게 여기는 사람들에게 하나의 빌미를 제공하여 말만 무성할 것으로 예상하였기 때문입니다.

그 이상은 더 할 일이 없었다는 것인지요?

일을 더 하려면 끝이 없습니다. 할 일은 항상 있는 것이며, 그 모든 일을 다 하고 간다는 것은 곧 이승을 뜨지 못함을 말하는 것이기도 합니다. 이승을 뜨는 방법은 여러 가지가 있으나 다른 사람들에게 가장 번잡스럽지 않게 가는 것도 좋은 방법 중의 하나입니다. 저는 가장 번잡스럽지 않은 방법을 택한 것입니다.

그랬었군요. 또 하나 물어볼 것이 있습니다.

말씀하십시오.

『난중일기』가 의도된 내용이라는 설에 대하여는 어떻게 생각하는지요? 역적의 모함을 받을 것에 대비하여 작성한 것이라는 말이 있는데요….

그렇지 않습니다. 당시에는 기록 문화가 발달하지 않아 사람들이 어떠한 일이든 그냥 넘기는 것이 다반사였으며, 기록을 하는 것이 오히려 이상한 문화였습니다. 따라서 기록을 한다는 것은 또 하나의 모험이기도 하였으므로 감추어놓고 하는 경우가 대부분이었습니다. 저는 이러한 문화에 대하여 기록의 중요성을 전달해주고 싶었을 뿐입니다.

지구에 기록이 없어도 우주에는 모든 것에 대한 기록이 있습니다. 선인들은 우주의 기록을 읽어봄으로써, 이 우주의 어떠한 곳에서 어떠한 일이 있었음에 대한 모든 것을 알 수 있습니다. 허나

이 지상에 내려와 보니 기록을 하지 않으면 기억을 할 수 없는 '시스템'이었습니다.

인간의 '메모'라는 저장 용량이 한정되어 일정 부분을 지워야 새로운 기억이 가능하며, 이러한 망각의 장점을 이용하여 다양한 공부를 하고 있었습니다. 인간 감정의 상당 부분을 통제하고 살아갈 수 있도록 하여주는 것도 이 망각이었으며, 인간이 수련에 들어 상당한 진전을 할 수 있도록 하여주는 것 역시 망각이었습니다.

허나 이 망각의 단점은 너무 빨리 모든 것을 잊어버린다는 것입니다. 따라서 사람을 '냄비 기질' 같은 성격으로 만들어버리는 것입니다. 한민족은 이러한 기질로 인하여 많은 발전을 하기도 하지만, 이것에 발목을 잡혀 발전하지 못하는 요인도 갖고 있습니다. 망각의 단점을 보완하기 위하여 일기를 썼습니다. 보기 싫으면 보지 않으면 되므로, 다른 사람에게도 전혀 해가 없이 기록을 남길 수 있었습니다. 다만 저를 모함했던 사람들에게도 여러 가지 깨우침이 될 수 있었을 것입니다.

'원균'에 대하여는 어떻게 생각하는지요?

후세의 역사가들이 생각하는 것처럼 나쁘기만 한 사람은 아니었습니다. 다만 감정이 너무 솔직하여 숨기지 못하는 것이 단점이라면 단점이랄 수 있겠습니다. 상당한 무술 실력을 갖추었고 판단력도 남다른 면이 있는 아까운 사람이었으나, 당시에 운이 약간 따라주지 않은 면이 있습니다.

그도 선인인지요?

그렇습니다. 그는 지상에서 3생 정도를 더 공부하고 귀성歸星하였습니다.

어느 별인지요?

제가 있는 곳에서 멀지 않습니다. 지구인의 척도로 약 50광년 정도 떨어져 있습니다. 테리우스 은하의 광미성에서 수련 중이며 현재 선계 ○등급입니다.

당시에는 어떠한 상태였는지요?

○등급이었습니다.

선력仙歷은 얼마나 되는지요?

저보다 짧아 약 50만 년 됩니다.

아이와 싸움을 했던 것이군요.

그렇게 되었습니다.

알았습니다. 내일 또 만나십시다.

9

어려서의 얘기를 계속하겠습니다. 칼끝으로 그려진 그 사람은 당시 아이였던 저보다 약간 큰 키였으나 상당히 강건한 체격이었습니다. 키는 작아도 느낌으로는 어른을 축소해놓은 듯한 생각이 들었습니다. 기적氣的인 상태이므로 키를 늘였다 줄였다 하는 것이 가능하였던 것 같았습니다.

비록 선으로만 이루어졌으나 확실히 사람임을 느낄 수 있었습니다. 저는 또 다른 형상이 나타나는지 다시 칼끝을 주시하여 보았습니다. 다시 칼끝이 움직이며 어떠한 형체를 그려내기 시작하였습니다. 이번에는 칼이 길어지는 것 같았습니다.

좌로, 우로, 위로, 아래로, 칼이 움직이며 그려낸 그림은 이번에는 말이었습니다. 칼이 허공에 그려낸 말이 서서히 움직이기 시작하였습니다. 상당히 강건하고 체격이 좋은 말이었습니다. 그림 속의 사람이 타기 알맞은 크기로서 전투용은 물론, 어떠한 목적에 사용한다고 해도 충분한 강건한 말이었습니다.

사람과 말.

저는 다시 칼에 의식을 주입하고 나서 가만히 있었습니다. 이제는 칼이 움직이지 않았습니다. 그러자 앞에 있던 사람과 말이 움직이기 시작하였습니다. 허공에 있는 사람과 말, 즉 사람과 말의 형상을 한 기운이 움직이고 있는 것입니다.

이들은 만나자 서로 탐색을 하다가 사람이 타려고 하자 말이 처음에는 버텨보는 것 같았습니다. 그러나 점차 서로에게 익숙해지자 상대를 받아들이는 것이었습니다. 사람이 말에 올라타서 이리저리 고갯짓을 하며 돌아보더니 서서히 걷다가 점점 속도를 빨리 하여 달음박질하기 시작하였습니다.

이들의 움직임을 느끼고 있던 중 사람과 말이 차차 천연색으로 변하고 있었습니다. 그 느낌도 점차 구체화되어 이제는 앞에 있는 현상이 사실인 것처럼 믿도록 되었습니다. 말은 사람을 당하지 못하겠는지 등에 사람을 태우고는 보이지 않을 만큼의 먼 거리를 달려갔다가 돌아오곤 하였습니다.

산과 물을 건너고, 논둑을 따라 뛰는데 물 한 방울, 풀 한 포기 다치지 않고 그 위로 바람처럼 말발굽이 지나가는 것이었습니다. 장관이었습니다. 사람 한 명과 말 한 마리가 달리는데 온통 천지가 가득 차는 것 같았습니다. 어떠한 말과 사람도 이러한 장관을 연출하지 못할 것 같았습니다.

사람은 장군이 되고, 장군은 칼과 창, 활 등 무기를 갖추고 있었습니다. 말 역시 아주 훌륭한 마구를 갖춘 늠름한 형상으로 변하여 있었습니다. 저의 시각은 마치 영화를 보는 것처럼 이들이 아주 멀리에서 뛰어다니고 있어도 바로 옆에서 보는 것처럼 조정되어, 아무리 멀리 있어도 이들의 움직임을 보는 데는 전혀 지장이 없었습니다.

오히려 제가 어떠한 모습을 보려 하면 보고 싶은 모습으로 보이므로 더욱 재미가 있었습니다. 들로, 산으로, 강변으로, 한참을 뛰어다니던 말이 서서히 멈추어 섰습니다. 제 앞에 돌아와 선 말이 숨 하나 가쁘지 않은 모습으로 서 있었습니다.

그 말은 전혀 지금까지 그렇게 뛰어다니지 않았다는 듯이 가벼운 모습으로 서 있었습니다. 어느새 사람도 말에서 내려서 옆에서 있었습니다. 둘은 호흡을 맞추어본 것 같았습니다. 하지만 이들이 그려지기 전의 모습 그대로였습니다. 주변의 어느 하나 변한 것이 없었습니다.

10

한참의 시간이 흐른 것 같았습니다. 바람 한 점 없던 하늘에 산들바람이 불었습니다. 제 앞에 있던 말이 그 자리에 앉았습니다. 장군도 그 옆에 다리를 앞으로 뻗으며 앉았습니다. 이들이 앉아 있는 것은 지구의 기운에 동화됨을 나타내는 것 같았습니다.

앉자마자 땅과 하나가 되는 것이었습니다. 이들은 지구에서도 지치지 않는 힘을 얻는 것 같았습니다. 잠시 앉아 있던 장군이 일어나자 말도 다시 일어났습니다. 충분히 기운을 얻은 것 같았습니다.

장군이 멀리 지평선을 바라보았습니다. 그곳에는 바다가 하늘과 닿아 있었습니다. 그 바다 가까이의 해변에서 여러 사람들이 훈련을 하고 있었습니다. 바라보고 있던 사이, 그 먼 곳에 있던 사람들이 땅이 좁혀지면서 차차 다가왔습니다.

저와 장군과 말은 그대로 있는데 그들과의 사이에 있던 땅이 점차 좁혀지며 그들이 다가오는 것이었습니다. 땅이 어디로 사라지는 것이 아니라 그 자체로 없어지고 있었으나 사람들이 서 있는 부분과 우리가 서 있는 부분만 그대로인 채 좁혀지고 있었던 것입니다.

가까이 가서 보자 사람들이 점점 늘어나는 것이었습니다. 어디서 오는 것이 아니라 그 자리에서 사람들이 형성되는 것이었습니다. 그들의 훈련 모습을 보니, 수백 명의 병사들이 칼과 창, 방패로 훈련을 하고 있었으나 엉성하기 이를 데 없었습니다.

이들의 모습은 병기를 들었기에 병사이지 복장은 평복이었으며, 훈련하고 있는 주변에는 농기구가 아무렇게나 놓여 있었습니다. 훈련을 시키고 있는 사람도 전투에 대하여는 아는 것이 별로 없었으며, 구령도 약하고, 그나마도 기운조차 없었습니다.

그 대장의 힘없는 구령을 따라 창법이나 검법을 익히고 있는 병사들은 정신은 맑아 보였으나, 육신에는 힘이 없는 것처럼 문어 같은 행동을 보이고 있었습니다. 장군이 일어서서 그들의 옆으로 걸어가자 말이 그 뒤를 따랐습니다. 이들은 장군이 옆에 가는데도 전혀 보이지 않는 것처럼 자신들의 행동만 되풀이하고 있었습니다.

가만히 보니 장군과 말은 차원이 다른 곳에서 그들을 보고 있는 것이었습니다. (《사랑과 영혼》이라는 영화에서처럼) 장군은 그들을 볼 수 있었으나 그들은 장군을 볼 수 없는 상태로 있었습니다. 한참 훈련을 하던 이들은 자리에 앉아 노래를 부르기 시작하였습니다. 농부들의 노래였습니다.

아내와 자식들과 부모님을 모시고,
낮에는 논밭을 매고, 밤에는 실을 잣고,

오랑캐도 왜구도 자꾸만 쳐들어오는데
어떻게 훈련을 해야 하나?
이 넓은 세상을 어떻게 지키나?
농사를 지어야 하는데
농사를 지어야 하는데
임금님은 무엇을 하시나?
우리는 이렇게 훈련을 하고 있는데
임금님은 지금 어디서 무엇을 하고 계시나?

그들의 노래가 산으로 바다로 퍼져나갔습니다.

11

이들의 훈련은 길지 못하였습니다. 잠시 하다가는 쉬고, 잠시 하다가는 쉬고 하였으므로 훈련이 제대로 될 것인지가 의문이었습니다. 그나마도 제대로 된 전술 교범이 없는 상태 하에서 예전의 별것 없는 경험에 의존하여 하는 훈련은 별 진전이 없는 경우가 대부분이었습니다.

장군은 기운을 변화시켜 이들 중의 한 사람으로 변장하였습니다. 장군이 들어가자 훈련 분위기가 달라졌습니다. 장군은 평범한 복장으로 이들 사이에 들어가 있으면서도 말 한마디, 한마디가 이들을 압도하여 무술을 지도하므로 사방에 흩어져 쉬고 있던 사람들조차도 다시 모여서 무술을 연마하는 것이었습니다.

며칠이 지나지 않아 이들의 무술은 눈에 띄게 달라졌습니다. 자신도 추스르지 못할 정도의 사람들이, 자신은 물론, 다른 사람들까지 돌보아줄 정도가 된 것입니다. 이들의 무술 실력은 일취월장하였습니다. 이들의 무술 실력이 하루가 다르게 발전하는 것이 눈에 보일 정도였습니다.

이들은 점차 장군을 선생으로 모시고 무술을 배우고 있었습니다. 이들의 무술은 인간의 몸을 거의 완전히 이용하고 있었습니다. 관절 하나하나, 근육의 하나하나가 전부 무술에 사용되고 있었습니다. 이들의 무술은 지금까지의 모든 기술을 크게 변화시키지 않으면서 근본적으로는 전부 다른 것 같았습니다.

장군의 말은 어디론가 가버리고 없었습니다. 하지만 금방이라도 부르면 올 수 있을 것 같은 느낌이 들었습니다. 이들이 무술을 익히고 있는 동안 이들의 주변에는 봄이, 여름이, 가을이, 겨울이 지나가고 있었습니다. 배경 그림이 바뀌는 것처럼 이들이 훈련을 하고 있는 뒤로, 풀잎이, 녹음이, 낙엽이, 눈발이 날리고 있었습니다.

이들은 장군 순신의 지시를 받아 조선 전역에서 의병으로 활동할 사람들이었습니다. 순신 휘하에서 훈련을 받은 후 전국 각지에 흩어져 자신의 몫을 다할 사람들이었습니다. 훈련을 받은 사람들의 눈빛이 점차 살아나기 시작하였습니다. 그들의 안광眼光이 산하를, 천지를 뚫고 지나갔습니다.

처음에는 한두 사람의 눈빛이 살아나더니, 점차 많은 사람들의 눈빛이 살아나고 있었습니다. 이들의 눈빛은 선함과 강함을 동시에 갖춘 번득이는 눈빛이었습니다. 이들의 앞을 아무도 가로막을 수는 없을 것 같았습니다.

한 사람당 지휘할 수 있는 병사의 수가 보였습니다. 이들의 몸에 이중으로 겹쳐서 보이는 글씨가 이들이 지휘할 수 있는 병사의 숫자였습니다. 10, 20, 40, 100, 300, 500 등의 숫자들이 이들의 몸에 겹쳐서 보였습니다. 하지만 이 숫자의 뒤에는 더 큰 숫자들이 씌어 있기도 하였으며, 숫자가 없는 경우도 있었습니다. 전쟁 발발 후 첫 전투에서 전사할 사람도 있는 것 같았으며, 오래 싸우며 승패를 가름할 사람도 있는 것 같았습니다.

12

이들의 대부분을 전국 각지로 떠나보낸 후 얼마간 평온한 날들이 흘렀습니다. 순신은 나머지 병사들을 이끌고 부대를 정비한 후 전투 준비를 하였습니다. 왜구가 침략하여 노략질을 한다는 소문이 돌았습니다. 한두 번이 아니라는 소문도 들렸습니다. 벌써 왜군이 상륙했다는 이야기도 있었습니다.

순신이 바다를 바라보고 있던 중, 어느 날 저 멀리 수평선에 왜군의 선박들이 보였습니다. 한 번도 본 적은 없었지만 금방 알 수 있었습니다. 상당히 빠른 속도로 접근해온 왜군의 선박들이 아군과의 접전 없이 육지에 접근하여 왜병을 하선시키자마자, 포구에 있는 군인 몇 명과 동네 사람들의 연합군과 육박전이 벌어졌지만 아군의 일방적인 패배였습니다.

왜군들은 순식간에 사람들이 살고 있는 동네를 유린하며 진격하고 있었습니다. 사람들이 죽고, 부녀자들이 겁탈당하고, 아이들이 굶주리는 광경이 보였습니다. 순신은 이것을 보고 부대에 출동 명령을 내렸습니다. 아군과 적군이 마주치며 전투가 벌어졌습니다. 말로만 듣던 아수라장이었습니다. 순신은 자꾸만 밀리는 아군을 독려하며 계속해서 나타나는 적을 쳐나갔지만, 적군은 배에서 끊임없이 하선하여 아무리 무찔러도 끝이 없었습니다.

수없이 무찔렀건만 이제는 정말로 더 이상의 방법이 없는 것 같았습니다. 지치지는 않았지만 상대의 기세에 눌릴 지경이었습니다. 순신이 큰 소리로 무찌르라고 명령을 하며 주변을 돌아보니 부대원은 한 명도 없고, 자신 혼자서 전투를 하고 있었습니다. 이제 적을 막아내기는 틀린 것 같다는 생각이 들었습니다.

적군들이 자신의 옆을 통과하여 마구 달려가고 있었습니다. 막아낼 방법이 없었습니다. 적병이 다 지나간 후 혼자 앉아 있는 순신에게 갑자기 절망이 몰려왔습니다. 문득 바로 앞에서 일어나던 일들이 갑자기 저 멀리로 밀려 나가면서 무리를 지어 마을을 약탈하러 가는 적병들의 모습이 희미해져 갔습니다.

순신이 일어나서 따라갔지만 아무리 따라가도 적군들은 자꾸만 멀리로 달아났습니다. 자신의 발걸음은 그대로 있으면서 적군의 그림만 달아나는 것 같았습니다. 갑자기 지금 벌어지고 있는 일들이 아주 먼 거리에서 일어나고 있는 것 같았습니다. 문득 앞의 그림이 사라졌습니다. 순신은 퍼뜩 정신이 들었습니다.

기운으로 만든 장군과 말이 앞에 서 있었습니다. 다가가서 만져보려 하니 만져지지는 않았으나 앞에 보이고 있는 것은 분명하였습니다. 이들의 기운이 점점 희미해져 갔습니다. 순신은 이들을 어떻게 잡아야 하는지 알지 못하여 소리치며 그대로 있으라고 하였지만 이들은 점차 사라져 갔습니다.

순신은 지금까지 앞에서 나타났다가 사라져 버린 장군이 자신과 한 사람인 것 같은 생각이 들었습니다. 장군의 모습이 너무도 선연하였습니다. 더욱이 그 사람은 자신의 이름을 사용하고 있었습니다. 미래의 자신인 것 같았습니다.

틀림없이 사람들이 순신 장군이라고 불렀고, 자신도 그 영상 속에 녹아들어 장군인 것처럼 행동하였던 것 같았습니다. 자신이 옆에서 보고 있었지만, 그 그림 속의 장군이 바로 자신이었던 것 같은 생각이 드는 것이었습니다.

자신이 칼로 만든 기인氣人의 안에 들어가서 행동하고 있었고, 그것을 또 하나의 자신이 옆에서 보고 있었던 것 같은 생각이 들었습니다. 자신이 둘로 나뉘어 하나는 그림 속에 들어가고, 또 하나는 밖에서 바라보고 있었던 것이었습니다.

언뜻 이해가 되지 않는 부분도 있었지만 자신이 둘이었던 것은 분명하였습니다. 하나는 환상 속에 들어가 행동을 하고 있었으며, 또 하나는 밖에서 보고 있던 자신이었지만 누가 진짜 자신인가는 구별이 되지 않았습니다. 현재의 자신이 환상 속의 자신과 어떻게 다른지도 구분되지 않았습니다.

어쩌면 둘인 것도 같고, 어쩌면 하나인 것도 같은 그러한 일이었습니다. 분명히 꿈은 아니었습니다. 지금 앉아 있는 자신도 현실이었으며, 장군으로서 전투를 하였던 순신도 현실이었으며, 본 것들 모두가 역시 현실이었고, 너무도 생생하였습니다. 저는 미래의 저와 한반도의 모습을 미리 보았던 것이었습니다.

광개토

廣開土

374~412 고구려 제19대 왕으로 이름은 담덕이다. 별칭은 호태왕好太王이며, '영락'이라는 한국 최초의 연호를 사용하였다. 소수림왕이 정비한 강력한 왕권과 국력을 바탕으로 즉위 후 무수한 정복 전쟁에서 승리하여 동북아시아 지역을 고구려의 영토로 확장하였다. 광개토대왕의 정복 전쟁으로 한반도와 만주를 중심으로 한 동북아시아에서 강국이 된 고구려는 그 뒤를 이은 아들 장수왕에서 최고의 전성기를 구가하였다.

1

본성에게 문의하다.

광개토는 인류가 가졌던 가장 위대한 인간 중의 한 명이다. 광개토란 우주에서의 그의 기적인 특성을 그대로 따른 이름이었다. 광개토는 원래 사룬성(Saroon星)의 성주(星主 : 별의 기적氣的 조정자, 지구에는 이러한 시스템이 자연에 의해 이루어지나 선진화한 별에서는 기적으로 탁월한 기인氣人에 의해 더욱 긍정적으로 조정된다)였으나, 자신의 수련을 위하여 지구의 동북아에서 능력을 한번 발휘해본 것이다.

광개토는 원래 자신의 역량을 키우는 데 탁월한 역량을 보여왔다. 그가 가는 별 어느 곳에서나 자신의 범위를 넓히고 자신의 기적氣的 범위에 있는 사람들을 편하게 하여주었다. 물리적으로는 불편해도 심리적으로는 편안하였으며, 이 심리적 편안이 진정한 편안임을 펴려고 노력하였다.

그의 파장은 전 지구를 덮을 수 있는 역량이 있었으나, 당시 그의 역량을 뒷받침해줄 지원력의 부족으로 그 정도에서 끝나게 되었다. 광개토는 이러한 과정을 거쳐 우주에서 한층 더 큰 별의 성주星主로 있다.

이 별은 현재 지구에서 80억 광년 떨어진 자리타 성단 제3 은하단의 8번째 은하 중 사린계(태양계와 같은 수 개의 별들로 이루어진 시스템)의 문명화된 별이다. 이 별을 중심으로 사린계의 질서가 유지되며, 이 별을 중심으로 제8 은하단의 기운이 조화를 이룬다.

사린계는 22개의 별로 이루어지며, 중심부의 사린은 지구의 태양보다 한결 차가운 냉광을 발산하는 별이다. 지구의 태양이 백열전구라면 사린의 냉광은 형광등에 비유할 수 있으며, 이러한 빛은 발산 거리가 길어 사린계 22개의 별에 고루 빛을 보낸다.

따라서 태양계와 같이 가까우면 너무 뜨거워 생명이 자랄 수 없고, 멀면 빛의 양이 적어서 어두운 등의 일은 있을 수 없다. 사린계의 별들은 지구의 온도로 영하 5~15도 정도가 정상적인 온도이며 22개의 별이 받는 광량이 모두 같다.

밝기는 지구와 비슷한 정도이며 이 별의 빛은 약간 푸른빛을 띠므로 에너지의 낭비를 막아준다. 사린계에서 기인氣人이 존재하는 별은 7개이며 이 중 6등성 이상이 3개이다. 나머지는 기인들의 필요에 의해 마련해둔 별들이며, 이 별들에서도 기인들의 수련이 이루어진다.

지구의 경우 전 우주에서 생명의 번식을 위한 가장 좋은 환경을 가지고 있는 별 중의 하나이나, 인간들의 관리 소홀로 현재는 많은 생명체들이 사라져 가고 있다. 우주의 대부분의 별에는 자신의 별에 적합한 생명체들만 있는 경우가 많아 불필요한 생명체들이 자라기에는 적합지 않다.

광개토의 경우 앞으로 수련에 상당한 진전이 있을 것이며, 수백년의 진전을 이룬 후에 우주의 일부가 될 것이다.

2

우주화한 기인氣人들의 속俗에서의 이름은 각 기운의 특성에 따라 붙여진 것이다. 따라서 그 이름에 해당하는 기운이 움직이게 된다. 광개토는 광개토의 기운이 움직이는 것이며, 그 기운의 이름이 반드시 광개토인 것은 아니나, 흔의 말로 한다면 광개토인 것이다.

사린계의 경우 상당히 선진화한 별로서, 반드시 필요한 것만 준비되어 있으며 불필요한 것은 존재하지 않는다. 지구의 경우 생명체의 종류가 약 1억 종 이상이며, 이 중에는 인간에게 필요한 것과 필요치 않은 것이 혼합되어 있다.

필요한 것이 약 절반이며 그렇지 않은 것이 약 절반이다. 사린계와 같은 선진화한 우주에서 필요치 않은 것이 지구에 있는 이유는, 지구의 환경이 이러한 생명체를 사용 가능할 때까지 보관하기 쉽기 때문이다.

생명체란 우주에서도 기인들의 뜻에 의해 만들기 쉬운 것은 아니며, 따라서 기인들이 만들어진 생명체를 사용하는 것은 여기에 기인한다. 생명체란 일정한 조건이 충족된 별에서 지속적으로 탄생하고 소멸하는바, 우주에 이러한 별을 필요한 곳에 배치하고 필요시 사용하는 것이다.

지구의 경우 이러한 역할을 하기에 너무나 좋은 조건을 갖춘 별이며, 수많은 인류의 몸과 인간 세상에서 벌어지는 기상천외의 일들은 기인들에 의해 벌어지고 조종되는 것이면서, 기인들의 수련을 위하여 더없이 좋은 기회를 제공하는 것이다.

이러한 과정을 지켜보는 것만도 하나의 수련이나, 그중에서도 인간의 몸을 빌려 하는 수련은 기인들에게도 하나의 혜택이라고 할 수 있으며, 따라서 '업그레이드'(상향 조정) 시 흔히 이용되는 방법이기도 하다.

인체를 타고날 경우 자신의 기운에 적합한 것을 골라서 이용하는바, 사전에 치밀한 연구를 하지 않았거나 한번 흐름에 맡겨보고 싶을 경우, 본인의 의지와 약간은 무관한 몸을 사용하는 경우도 있다.

어떠한 방법을 사용하든 영격이 상승하는 것은 변함없으나, 어느 만큼 상승하는가 하는 것은 약간의 차이가 있을 수 있다. 영계의 일 역시 기인들의 소관이므로 어떠한 생명체가 어떠한 시기에 들어가서 태어나는가 하는 것을 선택할 수 있으나, 일단 생체 수련이 시작되면 그 이전의 과정에 대하여는 모르고 살아가는 것이 정상적인 과정이다.

광개토와 같은 기운이 인화(人化 : 사람화)하기 위하여 이용할 수 있는 육신은 자주 태어나는 것은 아니다. 200~300년간 300만

명에 한 명 정도 태어나므로 이러한 기운을 받으려면 다소 시일이 걸린다.

허나 자신의 적성에 반드시 적합한 몸을 받을 경우 필생의 업을 수행할 수 있는 경우도 있다. 광개토의 경우 금번의 수련에서 자신이 생각하였던 것의 40% 정도를 수행하고 간 것에 불과하다.

3

반갑습니다. 너무 오랜만이군요.

그렇습니다. 선후배들을 통하여 말씀은 많이 듣고 있었사옵니다.

그래 요즈음은 어떻습니까?

그저 그렇습니다. 계속 수련에 정진하고 있습니다.

요즈음은 어떤 수련을 하고 있는지요?

특별한 것은 아니옵고 기를 맑게 하는 수련을 지속적으로 하고 있습니다.

어떠한 방법을 사용하고 있는지요?

매일 규칙적으로 30분 내지 한 시간씩 앉아서 자신의 모든 것을 내놓고 들여다보며 한 가지씩 닦아나가는 것입니다. 오장육부, 임독맥을 비롯한 모든 경혈, 땀구멍을 비롯한 기공의 하나하나까지 닦아내는 훈련을 하고 있습니다.

기적인 상태에서도 그러한 훈련이 필요한 것인가요?

그렇습니다. 기적인 상태에서 이러한 방법을 익혀놓아야 육신을 받았을 때 자연히 몸에 익습니다.

어떻게 닦습니까?

네. 몸을 들여다보면서 한 가지씩 밖으로 꺼내어 이리저리 보면 어딘가에 탁기가 있습니다. 이 탁기를 기운을 살며시 보내어 닦아냅니다. 모든 장부가 맑아도 주변의 우주기운과 비교해보면 어딘가 흐린 곳이 있으며, 이 흐린 곳을 닦아줌으로 차후 인체를 받았을 때 저절로 맑은 상태를 유지할 수 있도록 됩니다.

언제 다시 수련에 들 작정이신지요?

아직 가까운 시일 내에 계획이 있는 것은 아닙니다. 그러나 기계氣界에 있을 때 방법은 알아두어야 할 것 같아 연구하고 있는 것입니다.

다른 분들은 그러한 방법을 어떻게 하고 있습니까?

별로 연구하고 있지 않은 이도 있으며, 많은 연구를 하고 있는 이도 있습니다.

누가 가장 많이 연구하고 있습니까?

각자의 연구하는 바가 다르며 나오는 결과가 달라서 누구라고 이야기할 수는 없습니다.

언제 다시 지구에 올 계획입니까?

빠른 시일 안에는 없습니다. 차후 가기는 갈 것입니다.

알겠습니다. 다시 보십시다.

자주 뵈었으면 좋겠습니다.

그러십시다.

무심에 들어 깨달음을 얻고 싶다면 사룬성의 기운을 집중적으로 받으면 된다.

4

선인들은 평소 기계氣界와 평상계를 어떻게 구분합니까?

선계에서는 구분이 필요치 않습니다. 몸을 가지고 있을 때만 필요한 것이며, 몸을 벗어나면 모두가 기계이므로 별다른 구분이 필요 없기 때문입니다.

그래도 몸을 받아서 나온다든가 하는 일에 관하여는 자신의 선택이 작용하지 않습니까?

그렇습니다. 어떠한 공부를 할 것인가 하는 것은 자신이 선택합니다. 하지만 선택하고 난 이후에는 자신이 개입할 여지가 없어집니다. 어떠한 곳에서 어떠한 삶을 가지는 것까지는 어느 정도 자신의 의지가 개입됩니다만, 그 이후는 자신의 수련상의 등급에 의해 결정됩니다.

다시 한 번 난세에 큰일을 해볼 생각은 없는지요?

없습니다. 아직은 난세가 아닐뿐더러 아직은 나갈 때가 아니기 때문입니다.

본론은 아니지만 한 가지 부탁이 있습니다. 지상의 수련생들이 수련하는 곳에 적당한 선물을 하나 보내주실 수 있으신지요?

가능합니다. 어떠한 것이 좋으시겠습니까?

수련생들이 수련하는 곳에 기마당을 하나 마련해주십시오.

예. 우선 30여 명이 사용할 수 있는 것을 준비하겠습니다.

그 정도면 되겠습니까?

필요하면 필요한 만큼 늘어날 것입니다. 천만 명도 더 앉을 수 있는 방석입니다. 기계의 방석은 눈으로 보기와는 다르며 수련생들이 사용하기에 따라 얼마든지 신축성이 있습니다.

원형의 방석이 앞에 펴진다. 왕골로 짠 것 같은 방석을 가만히 보니 그 안에 이 세상의 모든 것이 다 들어 있다. 방석 모양으로 생겼으나 하나의 지구이며 우주이다. 방석을 확대하여 보니 수없이 많은 살아 움직이는 은하계와 우주가 들어 있다. 천만 명은 커녕 온 우주의 인간들이 다 들어가도 가능할 정도의 넓이이다. 그 안에 지구와 같은 별이 앞에 보이는 것만 수십 개 이상이다.

이러한 것을 주어도 됩니까?

괜찮습니다. 우주에서는 우주의 발전을 위한 일에는 책임과 권한의 구분이 없다고도 할 수 있습니다. 총체적 발전 체제입니다. 저 정도의 위치면 가능한 것입니다.

고맙습니다.

아닙니다. 불러주셔서 영광입니다. 이러한 방석을 해드린 것은 제게도 상당한 발전의 기회입니다.

고맙습니다. 다시 보겠습니다.

감사합니다.

5

어제 방석은 고마웠습니다. 사용해보니 그 정도일 줄은 생각 못 했습니다.

아닙니다. 본격적인 수련을 하려면 그 정도는 되어야 할 것으로 생각하였사옵니다.

다른 방석도 있습니까?

별도로 선생님의 것을 준비하였습니다.

어떤 것입니까?

여기 있사옵니다.

외부는 검붉은 빛이나 내부를 들여다보면 아주 밝은 붉은 빛으로 빛나는 수많은 우주가 있다. 가로×세로 60cm 정도 되는 자그마한 붉은색 방석인데, 내부에서 붉은 빛이 난다. 열은 느껴지지 않으나 엄청난 에너지의 보고임을 알 수 있다. 안을 들여다보니 광원光源이 있는 것은 아니었으나 그 방석 안의 우주가 빛을 내고 있다. 아주 밝은 붉은색 우주가 빛을 내며 살아 움직이고 있었다. 밝으나 더운 것은 아니며 인간의 몸으로 오면 에너지가 될 수 있는 파장이 나오고 있다. 이 방석을 사용하는 것만으로도 항상 다른 어떤 사람보다도 한 단계 위에 있게 되며 엄청난 자신감을 가지게 되므로, 이 방석을 사용하는 자가 수련지도를 하면 누구도 그 앞에서 스승이라는 말을 하지 않을 수 없을 것 같다. 이 방석을 사용하여 수련 중 자신이 원하는 어디에도 갈 수 있다. 주인이 이동하면 방석이 따라다니는 것은 아니나 한번 고정이 되면 주인이 어디에 있어도 그곳으로 기운을 보낸다.

고맙습니다. 이런 것을 주어도 괜찮습니까?

무관합니다. 오히려 줄 수 있는 분을 만나서 줄 수 있는 것은 저희들로서도 반가운 일입니다.

다른 사람에게 줄 수도 있습니까?

아닙니다. 선계의 물건은 타인에게 줄 수 있는 것과 줄 수 없는 것이 있습니다. 이 방석은 한번 주어지면 다른 사람에게 줄 수 없는 것입니다. 선생님께서 몸을 벗어나게 되면 방석은 자연히 선계로 회수됩니다.

이 모든 도움을 감사히 받겠습니다.

아닙니다. 선생님의 일정에 있는 것이옵니다.

앞으로 많은 발전이 있기를 바랍니다.

감사합니다.

다시 만나십시다.

알겠습니다.

선계의 물건

선계의 물건은 아무에게나 줄 수 있는 것이 있고, 다른 사람에게 줄 수 없는 것이 있다. 다른 사람에게 줄 수 없는 것은 본인의 것은 아니나 본인이 사용하는 것이고, 다른 사람에게 줄 수 있는 것은 본인의 것이다.

본인의 것은 이미 자신의 것이 되어 있는 기운이며, 본인의 것이 아닌 것은 선계에서 내려보낸 것이다. 선계는 우주와 같아 한번 인연이 맺어지면 언제까지고 함께 가나, 한번 인연이 맺어지기가 힘들다. 선계는 우주와 하나이며, 우주의 다른 이름이기도 하다.

일반적으로 우주는 의사를 가지지 않는 물적 집합체이며, 선계는 물적 집합체 위에 의사 결정 능력이 있는 선인들이 있는 것으로 알고 있으나, 우주 역시 자체에서 의사 결정 능력이 있으며, 선인들은 우주를 구성하는 일부에 지나지 않는 것이다.

선계, 즉 우주의 역할 중의 하나는 우주 전체의 발전에 기여할 수 있는 구성 분자를 찾아내는 것이다. 우주는 자체에서 모든 것을 구비하고 있으나 그것을 찾아내어 보다 발전적으로 사용하고, 이를 통하여 진화하는 것은 또한 우주 자체의 일인 것이다.

인간은 우주를 구성하는 가장 값어치 있는 구성단위 중의 하나이며, 이 중에서도 우주와 교감이 가능한 인간이야말로 절대적으로 필요한 것이다. 이 우주에는 각종 영적 인류와 기적 인류, 물적 인류가 존재하는 것이니, 이 인류들이야말로 우주의 구성단위로서 주체이기도 하면서 동시에 우주가 필요한 것을 보충하는 객체도 되는 것이다.

주체이면서 객체인 인류 중 가장 값어치 있는 인류는 영과 육을 동시에 가지고 있는 인간이다. 몸을 가진 상태에서 우주의 의사 결정에는 참여치 못해도, 자신을 통하여 진보할 수 있는 수많은 수단을 제공할 수 있다는 점에서, 영육을 가진 인간은 가장 많은 조건을 충족시키고 있다고 볼 수 있다.
인간의 몸을 벗어나면 바로 영적인 등급이 주어지는바, 이 영적인 등급은 육체를 가지고 있을 때의 수련 등급이 그대로 적용되게 된다. 따라서 도道의 완성仙人化에 이르기까지 인류가 걸어야 할 과정은, 인간이 몸을 가지고 있으면서 겪을 수 있는 가장 혹독한 과정일 수 있다.
육체적으로 삶을 보내면 정신적으로 삶을 보내는 것보다 한층 낮은 삶을 살아가는 것이며, 따라서 육체를 통하여 얻을 수 있는 효용을 극대화함으로써 금생의 목표를 달성하고 나아가 초과할 수 있는 것이다.
가장 큰 진화의 디딤돌은 우주화할 수 있는 많은 사람들을 만들어내는 교화敎化, 즉 지상에 도를 펴는 것이다.

선계에서는 이즈음 수련장인 '수선재' 상공에 선계의 주파수를 지구의 주파수에 맞게 바꾸어주는 우주선宇宙線인 안테나를 보내주셨다. 우주선은 기능이 다양하여 영체靈體나 기체氣體를 운반해주는 역할뿐 아니라 경우에 따라서는 안테나의 역할도 한다. 안테나가 운반의 기능을 수행할 때는 UFO의 형태로 모양이 바뀐다.

○○ 대사

1

선계를 향해 인사를 하며 ○○ 대사를 생각하는데 앞의 오른쪽 한구석에 한 노인과 여자가 사람들 사이에 섞여서 앉아 있다. ○○인 것 같다.

뉘십니까?

○○이옵니다.

어찌 이런 곳에 계십니까?

…….

웬일이십니까?

그동안 불러주시는 분이 안 계셔서 적적하였사옵니다.

어찌 지내시었습니까?

속俗에서 거의 완성되었던 공부를 아직 마무리 짓지 못하고 있사옵니다.

아니, 그게 무슨 말씀이십니까?

저는 속에서 일찍이 공부를 시작하여 젊어서 거의 마무리 지었던 선인 중의 하나입니다. 따라서 나머지 공부는 대충 해도 목표에 도달할 수 있을 것으로 생각하였사옵니다. 한데 마지막을 제대로 장식하지 못하고 귀계(영계로 돌아옴)하고 말았습니다.

어찌 그리되시었습니까?

제 공부가 부족했던 탓이옵니다.

대사께서 공부가 부족하셨다니 그게 무슨 말씀이신지요?

말씀 낮추어주십시오. 저는 세상의 이치를 일찍 깨달아 당시로써는 좀 아는 축에 들었습니다. 허나 그 대사라는 호칭 때문에 공부를 게을리한 나머지, 이렇게 아직 해야 할 공부를 가지고 다시 환생하기를 기다리고 있는 중입니다.

얼마나 남으시었나요?

아직 남아 있는 것이 대략 25% 정도로서 잘하면 한 번의 공부로 가능할 것도 같습니다.

그런데 어찌 모습이 그러신지요?

다시 태어나면 본격적으로 공부에만 전념하기로 하였습니다.

전에는 공부를 하지 않으시었나요?

당시에는 공부도 하였습니다만 아닌 것도 있었습니다.

무엇을 하시었는지요?

공부를 했으면 펴는 것이 가장 중요한 일인데, 그때는 방법을 잘 선택하여야 합니다. 한데 저는 한 여인을 통하여 펴는 방법을 선택했던 것인데, 그 여인이 제가 하고자 하는 바를 잘 소화해내지 못하다 보니 결국은 이렇게 되고 만 것입니다.

옆의 분은 뉘신지요?

속俗에서 함께했던 사람이옵니다. 이 사람은 죽으나 사나 저와 함께하겠다고 이렇게 항상 옆에 있사옵니다.

옆의 여인을 보니 행색이 초라하고 평범한 여염집 아낙과 별다를 바 없다. 전 ○○이다.

○○께서는 대사의 어떤 면이 그렇게 좋으신지요?

좋기도 하나, 저로 인하여 마무리 짓지 못한 공부가 항상 제게 빚으로 남아 있는 상태이므로, 저로 인하여 마무리 지을 수 있도록 도와주고 싶어서 옆에 있는 것이옵니다.

어떻게 지원하시려는지요?

이 사람이 공부를 할 수 있는 사람으로 태어날 수 있도록 기도하고 있는 중입니다.

잘 되시겠는지요?

안 되어도 할 수 없으나 하는 데까지 해볼 생각입니다.

○○가 공부를 더 할 수 있다고 생각하시는지요?

더 할 수 있을 것 같사옵니다.

대사. 이제 그 옷 좀 벗어 버리지 그러세요. 다시 그 모습으로 태어날 것도 아닌데 말입니다.

어깨를 구부리고 지팡이를 들고 쪼그리고 앉아 있는데, 속의 남루한 도사 복장이다. 수염도 가슴까지 내려오고 세면도 거의 안 한 형색이다.

그리하겠습니다.

지금의 모습을 벗어 버리세요. 대사께서는 다시 태어나도 도사로는 태어나지 않을 것입니다. 그런 모습을 하고 있다고 도사로 태어나겠습니까?

그렇습니다. 영계에 와서 가장 큰 마음공부를 하였사옵니다.

(인사한다.)

모두 벗어 버리고 진심으로 마음공부를 하세요.

알았사옵니다.

이제 좀 맑아졌는가요?

상당 부분 맑아졌사옵니다.

30대의 젊은이로 변한다. 체구가 건장하지는 않아도 보통 이상의 체격이다. 165cm 정도.

그래야지요. 그럼 전 이만 가겠습니다….

예. 열심히 하겠습니다.

그러십시오. 다시 보시지요.

안녕히 가십시오.

조만간 다시 보시지요.

알겠습니다.

마음이 가벼워지니 다시 금방 키가 커서 170cm 정도가 되고, 나이도 20대 초반의 젊은이로 변한다. 아주 건장한 청년이다.

열심히 하십시오.

알았습니다.

우렁차게 대답한다.

2

대사는 원래 어느 별 출신이었는지요?

위렌성 옆의 이름 없는 자그마한 별의 한 성城에서 성주城主였습니다. 크기는 지구의 약 1/3 정도 됩니다.

어느 은하 소속인가요?

지구에서 100만 광년(우주에서는 가까운 거리) 정도 떨어진 곳에 있는 은하로서, 자그마한 은하가 약 50여 개(아주 작은 것까지 합하면 70여 개) 있는 광막 은하단의 오른쪽 아래로 제68 은하가 있습니다.

이 은하의 중심에서 절반 정도 벗어나면 항성(태양과 같은 별)과 별 5개로 이루어진 소규모 은하가 있는데 이 중 4번째 별이 위렌성입니다. (북극성과 정동향의 중간 정도 위치에 있는 은하단이 광막 은하단이다.)

그 별의 성주星主는 누구인가요?

성주랄 것은 없고 총 관리인은 상당한 기적 발전을 이룬 후, 현재는 수련을 하지 않고 있는 카렌이라는 선인이 있사옵니다. 주변 몇 개의 별까지 함께 관리하나 주로 위렌성에 있습니다.

어찌 지구에 올 생각을 했는지요?

어느 날 수련을 하고 있는데 갑자기 지구의 모습이 떠올라 주변에서 공부를 하고 있는 키티(동양식 이름 : 오운)에게 문의한바, 공부를 하려면 한번 가보는 것이 좋은 별이라는 이야기를 하여 카렌에게 청을 하였사옵니다.

상세히 이야기해 보시지요.

지구로 오는 것은 카렌의 힘으로 되는 것은 아닙니다. 카렌이 은하단에 보고하면 은하단에서 결정하여 수련 가능한 사람으로 선발하여 보내는 것입니다.

심사는 누가 했는지요?

광막 은하단의 최고 수련자 2명과 다음 급에 해당하는 8명, 계 10명이 심사 분류합니다. 저는 광막 은하단의 수련 단계를 나누는 50등급 중 약 25등급에 해당합니다. 이 광막 은하단에서 온 선인들은 중간 이상의 인류들로서 절대 지구에 해를 입히는 유형은 아닙니다.

유럽 쪽의 철학자 중 여러 사람이 광막 은하단에서 다녀갔습니다. 광막에서 지구에 다녀간 사람 중 한국에서 이름이 난 사람은 저이나, 사실상 이름 없이 지구의 발전을 위해 노력하다 간 사람이 많이 있습니다. 현재도 약 400명 이상이 지구에서 수련 중에 있습니다만 이름이 난 사람은 별로 없습니다.

대사는 그 등급으로 어찌 지구에 올 수 있었는지요?

광막 은하단의 심사 기준은 가능성입니다. 저의 경우 이 가능성 지수가 90 이상이었으므로 선발되어 올 수 있었습니다.

그랬습니까? 알았습니다. 다시 보시지요.

알았습니다.

정약용

丁若鏞

1762~1836 조선 후기의 문신으로 실학자이자 과학자, 철학자, 작가이다. 자는 미용, 호는 사암, 다산 등이며, 당호는 여유당이다. 조선 후기 실학을 집대성한 조선 최대의 중농주의 실학자로, 전면적인 사회개혁을 통한 부국강병을 주장하였다. 수천 명의 사람들이 건널 수 있도록 한강에 '배다리'를 만들었으며, 기중가설에 따른 도르래와 거중기를 고안하여 수원성 축조에 많은 도움을 주었다.

1783년 소과에 합격한 이후 정조의 특별한 총애 속에 10여 년 동안 두루 관직을 역임했으나, 청년기에 접했던 서학이 원인이 되어 18년간 유배 생활을 했다. 유배는 그에게 깊은 좌절을 주었지만, 반면 최고의 실학자가 될 수 있는 바탕이 되기도 했다. 그는 이 유배기간 동안 학문을 더욱 갈고닦아 사서육경에 대한 연구를 비롯, 『목민심서』, 『경세유표』, 『흠흠신서』, 『마과회통』 등 500여 권에 이르는 방대한 저술을 남겼다. 그는 성실을 최고의 덕목으로 여겼는데, 그의 방대한 저작물은 평생에 걸쳐 중단 없이 노력에 노력을 더하여 만들어진 결과물이다.

상당한 연륜을 가진 학자풍이다. 독서량이나 가지고 있는 지식의 양이 가늠하기 어렵다. 이렇게 습득된 지식으로 자신의 세계를 만들어가고 있는 사람이다. 65~70% 완성으로 상당한 양을 쌓아올리기는 했으나, 아직 확고한 신념을 가지기에는 부족하다.
선계의 등급으로 ○등급에 해당한다. 허나 지식의 순도를 놓고 본다면 60%는 외부에서 구한 것이 익어 있으며, 나머지 40%는 자신의 세계를 가꾸고 있다.

오랜만입니다.

반말을 할 터수는 아니나 그렇다고 존댓말을 할 수는 없는 사이이다. 하지만 존댓말로 시작해본다.

그렇게 되었습니다.

그동안 어찌 지냈습니까?

항상 여일하옵니다.

공부는 잘 되십니까?

공부랄 게 있습니까?

당대에 선생을 따라갈 사람이 없지 않았는가요?

그렇기는 하옵니다만, 공부란 게 워낙 끝이 없는 것이 되어놓아 서요….

그래도 끝이 있지 않겠습니까?

아직 끝을 보지 못하였습니다. 끝이 있을 것 같다는 생각만 듭니다.

언제 그런 생각을 하시었나요?

수년 되옵니다. 수년 전 어느 날 갑자기 끝이 있을 것 같다는 생각이 들었습니다만, 그 후 어느 날 다시 끝이 없을 것 같다는 생각이 들고 하옵니다.

대하는 태도가 공손해졌다가 아니다가 한다.

그래요…, 끝이 있다면 어디에 있을 것 같으십니까?

아마도 제 안에 있지 않을까 합니다.

선생이 무엇인데 선생 안에 공부의 끝이 있단 말씀이신가요?

아마도 제가 우주인 것 같은 생각이 듭니다.

어찌 그런 생각을 하시었나요?

어느 날 공부 중에 갑자기 제가 우주인 것 같은 생각이 들었습니다.

어떤 연유입니까?

예. 공부 중에 제가 제가 아닌 것 같은 생각이 들었사옵니다.

어찌 그런 생각이 드시었습니까?

공부 중 제 몸을 하나하나 보니 제 몸이 제 것인 것이 하나도 없었습니다.

그걸 어찌 아시었습니까?

공부 중 내려다보니 제 몸이 없고, 약간의 물질만 있었사옵니다.

정육면체, 삼각뿔, 작은 주사위 모양 등이 6~7개 정도 인체가 있어야 할 공중 부분에 군데군데 떠 있다.

그게 무엇이었습니까?

제가 있기는 있는데 보이는 것은 몸이 아니고 물건만 몇 개 있는 것이었습니다.

……

이 물건들은 모두 저의 것이 아니었습니다.

그럼 누구의 것이었습니까?

아무의 것도 아니었습니다. 다만 존재할 뿐 누구의 소유도 될 수 없는 것이었습니다.

그걸 어떻게 아시었습니까?

제 것은 분명히 아니었으며, 그렇다고 다른 사람의 것도 분명히 아니었습니다.

어떻게 그것을 알 수 있었습니까?

누구의 기운도 느껴지지 않았습니다. 대개 물건의 주인이 있으면 주인의 파장이 느껴지는 법인데, 아무의 기운의 파장도 없이 그냥 존재하고 있을 뿐이었습니다.

그렇습니까?

분명히 그랬습니다.

선생은 누구라고 생각하십니까?

저는 정약용 아닙니까?

정약용은 누구라고 생각하십니까?

정약용은 정약용이라고 생각합니다.

…….

그냥 물끄러미 바라본다.

아!

짧은 탄성.

이제야 알 것 같습니다. 어찌 이제야 오셨는지요?

그렇게 되었습니다.

너무 오랜만에 뵌 것 같습니다.

공부가 많이 되셨구먼 그래요.

부끄럽습니다. 선생님을 뵙지 못하여 아직 이렇게 있습니다.

아닙니다. 공부 많이 하셨습니다. 역시 선생은 선생이군요.

더욱 열심히 하겠습니다.

무엇을 더 공부해야 하는지는 알고 있습니까?

알고 있습니다.

한번 해보시지요. 다시 보십시다.

알았습니다.

인사한다.

최치원
崔致遠

857~? 신라 시대의 문신으로 유학자이자 대문장가이며, 유교, 불교는 물론 도교까지 모두 조예가 깊어, 유·불·선 통합을 주장한 사상가이기도 하다. 자는 고운, 해운 등이며 시호는 문창이다.
6두품 출신으로서 12세에 당나라에 유학하여 18세에 빈공과에 장원으로 급제하였다. 24세에 '황소의 난'이 일어나자 「토황소격문」을 지어 당나라 전역에 명문장으로 이름을 떨쳤다. 28세에 귀국하여 헌강왕에게 중용되어 외교문서의 작성을 맡았고, 이후 진성여왕에게 시무책 10여 조를 올려 개혁을 추진하였다. 그러나 진골귀족 중심인 신분제도의 한계와 국정의 혼란 앞에서 자신의 뜻을 발휘해보지도 못한 채 관직을 버리고 산천을 방랑하였다. 귀국 직후 당나라에 있을 때 쓴 글을 모아 28권의 책을 만들었는데, 그중 전해지는 『계원필경』은 한국 최초의 본격적인 개인 시문집으로 꼽힌다.

오른쪽 앞에서 선비 행색의 한 사람이 앉아 있다. 당당한 품격은 아니며 선비로서의 최소한의 격을 갖추고 있는 모습이다.

오랜만입니다.

그렇사옵니다. 오랫동안 적조하였사옵니다.

어떻게 지내시었습니까?

그저 그렇게 지냈사옵니다.

공부는 잘 되십니까?

공부랄 게 있습니까?

선생으로 말하면 당시에 상당히 공부를 하였던 분이 아니셨습니까?

아닙니다. 당시에는 저도 공부를 좀 한 것으로 생각하였으나, 다시금 돌아보니 공부를 했다고 할 수 없었사옵니다.

어찌 그런 생각을 하시었습니까?

공부를 하면서 당시에는 지상에서 일어난 일은 모두 알았으며 하늘의 일도 어느 정도 알았다고 생각하고 있었으나, 지금 와서 돌아보면 공부랄 게 없다는 생각이 듭니다.

지금 어디에 계십니까?

지금까지 쳐다보지도 않고 대꾸하고 있다가 얼굴을 쳐다본다.

뉘십니까?

접니다.

아니 선생님께서 웬일이십니까?

선생님이라니 가당치 않습니다.

아닙니다. 아직까지 선생님 같은 스승을 만난 적이 없사옵니다.

선생은 나와 일면식도 없었지 않습니까?

아닙니다. 공부할 당시 항상 제 마음을 통하여 가르침을 주셨던 분이 바로 선생님 아니셨사옵니까?

어찌 아시었습니까?

천음을 듣고 알았사옵니다.

그랬습니까?…. 그 많던 지식을 어찌 하시었습니까?

하늘과 우주와 조물주를 알고 나니, 그간의 저의 지식은 공부랄 게 없었사옵니다.

아닙니다. 긴히 쓰일 데가 있을 것입니다. 잘 다듬어보도록 하십시오.

알았습니다.

다시 보십시다.

알았습니다.

김가기

金可紀

?~859 신라 시대의 대학자이자 도인이다. 제38대 원성왕 때 최승우, 자혜와 함께 당나라에 유학했다. 셋 중 빈공과에 먼저 급제하여 학식과 명문장으로 이름을 날렸다. 한때 사신으로 신라에 귀국했다가 다시 당나라에 들어가 도술을 닦고, 종남산에 은거하며 화초와 복숭아, 자두 등을 가꾸면서 『선경』과 노자의 『도덕경』을 공부하였다. 858년 당나라 황제에게 상소하여 자신은 옥황상제의 부름을 받고 이듬해 2월 15일 승천할 것이라고 예언하고, 예언대로 그 날이 되자 수레를 타고 우화등선羽化登仙 하였다고 한다.

신라 때 사람으로 당나라에서 최치원과 함께 과거에 합격하였다. 한 수련생이 궁금하다 하여 알아보았는데 필자는 처음에 이분을 알지 못했다. 당나라에서 조정의 여러 사대부와 서민들이 지켜보는 가운데 승천했다고 한다. 관심을 갖고 보니 역시 선인이었다.

왼편에 한 사람이 앉아 있는데 행색이 초라하나 내적으로는 상당히 다져진 사람임을 알겠다. 고집이 세고, 어느 한 분야에 전문가적인 시각을 지닌 사람인 것으로 보인다. 어떻게 보면 독보적인 부분이 나올 수도 있음직한 인물이다.

안녕하십니까?

왜 그러시오?

쳐다보지도 않는다.

혹시 김가기 선생이라고 아십니까?

…… ???

고개를 들어 쳐다본다. 다시 갸우뚱하더니….

아이구, 선생님께서 웬일로 이렇게 납시었습니까?

선생님은 무슨….

아닙니다. 선생님을 뵙지 못하는 동안 저의 공부는 사실상 진전된 것이 없사옵니다.

무슨 말씀이십니까?

아닙니다. 정말로 공부를 하지 못하였습니다.

공부란 게 원래 혼자 하는 것 아닙니까?

아닙니다. 혼자 할 수 있는 것이 있고, 배워야 하는 것이 있는바, 저는 혼자 할 수 있는 것은 거의 다 하였습니다. 허나 배워야 하는 것은 아직 못 하고 있습니다.

왜 그러십니까. 전에 일가를 이루셨던 분이 아니십니까?

아이구, 과찬이십니다. 제가 무슨 일가를 이루었다고 하십니까?

아니요. 선생께서는 상당한 학문적인 경지를 이루어 이미 습득한 것을 자신의 것으로 만들었음은 물론, 거기에서 한 걸음 더 나아가 당시에 진보적인 주장을 펴시지 않으셨습니까?

아이구, 진보는 무슨 진보입니까? 그저 당시에 생각나는 것을 그대로 말한 것밖에 없사옵니다.

그런 생각이 쉽게 나는 것이 아니지 않습니까?

아닙니다. 그런 생각은 조금만 하면 아무나 날 수 있는 것이옵니다. 허나 당시 사람들이 그 조금의 생각을 하지 않아 나무란 것입니다. 참으로 건방진 짓이었지요.

아니요. 그런 선각자들이 필요한 것입니다.

선각자가 아닙니다. 그냥 이 책, 저 책 보다 보니 이런저런 생각이 난 것입니다.

선생 덕분에 당시의 역사는 20~30년 이상을 앞당길 수 있었습니다.

아닙니다. 제가 무슨 한 일이 있겠사옵니까?

아니요. 당시에 선생에게 무릎을 꿇지 않은 사람이 얼마나 있었습니까?

아닙니다. 가슴으로 숙인 사람은 아무도 없사옵니다. 그저 당시에 저의 궤변 앞에 잠시 머리를 숙였던 것일 뿐입니다.

궤변이 아니었습니다. 당대에 가장 명쾌한 이론가가 아니셨습니까?

아닙니다. 감히 우주를 모르는 하룻강아지가 한 소행일 뿐이옵니다.

어쨌든 선생은 당시에 위대한 이론가이자 사상가였습니다.

아이구, 아닙니다.

요즈음은 무엇을 하십니까?

아직 공부를 하고 있는 중이옵니다.

무슨 공부를 하십니까?

이제야 비로소 공부다운 공부를 하고 있사옵니다.

공부다운 공부라니요?

우주에 대한 공부입니다.

우주의 무엇에 대하여 공부하고 계십니까?

우주의 본체에 대하여 공부하고 있사옵니다.

공부를 해보니 어떻습니까?

역시 우주는 공부할 대상인 것이 틀림없사옵니다.

어떤 면에서 그렇습니까?

모든 면에서 그렇습니다.

모든 것 중 하나만 집으라면 어떤 면입니까?

어떠한 것도 답이 없는 것이 없사옵니다.

지상에서는 답이 없었습니까?

지상에서는 제가 혼자 공부를 하던 중 답이 없는 것이 절반은 되었습니다. 그 절반 중 대부분은 우주에 대한 것이었습니다.

우주는 선생에게 모두 있지 않습니까?

당시에는 그 생각을 못 하였습니다. 모두 외부에 있는 것으로 생각하였습니다.

외부에도 모두 있긴 있으나 찾는 눈이 없으면 안 보이는 것 아니겠습니까?

내부에도 모두 있고, 외부에도 모두 있으나 어느 한쪽도 전부 보지 못하였습니다.

그랬습니다. 하긴 한 번에 전부 본다는 것이 무리이기는 하지요.

저의 경우는 특히 그랬습니다.

왜 그랬다고 생각하십니까?

모두 저의 무능 탓인가 하옵니다.

과한 겸손이십니다.

아닙니다. 진정입니다.

한 번 더 밀어보시지요.

해보기는 해보겠지만 힘들 것 같습니다.

그렇지 않아요.

알았습니다. 다시 뵙겠습니다.

그러시지요.

본인의 고집으로 상당한 학문적 경지를 이루었음에도 아직 깨이지 못한 부분이 있어 공부 중이다.

김대성

金大城

700~774 신라 시대의 건축가이자 조각가이다. 경덕왕 때 높이 천거되어 벼슬이 대광보국숭록대부에 이르렀다. 751년에 국가와 민족의 안녕, 부모의 명복을 위하여 불국사, 석불사, 장수사 등을 창건하였다. 또한 완벽하고 아름다운 조각, 독창적인 건축방식인 석굴암의 설계를 완성하였다. 설화에 의하면 불국사는 현생의 부모인 김문량 부부를 위해, 석굴암은 전생의 부모를 위해서 세웠다고 한다. 불교에 대한 열정, 천재적인 기술과 재능으로 지은 불국사와 석굴암은 우리 민족 최고의 걸작으로 꼽히며, 유네스코 세계유산에 등재되어 있다.

왼쪽에 점잖은 40대의 남자가 서 있다. 체구가 크고 인물이 중후하다. 수염이 길고 장수의 상이다.

잘 계시었는지요?

네. 잘 있었사옵니다.

그간 무엇을 하시었습니까?

특별히 한 것은 없사옵고, 건축에 관한 것을 연구하고 있었사옵니다.

건축에 관한 무엇을 연구하시었습니까?

말씀 낮추십시오. 건축은 예로부터 인간의 마음을 표시하는 방법 중의 하나였습니다. 여러 가지 방법 중 가장 인간에게 실용적이면서도 우주를 표현할 수 있는 방법으로서, 저는 이 건축을 통하여 인간의 마음 즉 우주에 접근해보려 한 것입니다.

얼마나 더 접근하시었습니까?

거의 다 한 것 같사옵니다. 속俗에서는 불가하였으나 선계로 와서 가능해짐을 느낍니다. '속'에서 일을 하기에는 어느 정도의 지위를 가지는 것이 필요한바, 저는 지위가 있어 일을 하기에 편하였으나, 아버지는 별 지위 없이 기술만으로 일을 한 경우로서 저보다 선배라고 할 수 있습니다.

건축으로 인간의 본성에 접근하는 외에 다른 방법으로는 무엇이 있습니까?

시조나 소설, 기타 글과 그림, 조각 등 모든 예술의 근본적인 목적은 한 인간의 마음을 어떤 매체를 통하여 다른 사람에게 전달하는 것이며, 이러한 시도는 어느 정도 성공을 거두고 있다고 보입니다.

그러나 이것을 제작하는 사람의 마음의 순도가 높을수록 작가는 우주를 전달할 수 있는 역량이 커지며, 이 우주를 전달할 수 있는 역량이 커지면 커질수록 그 작가의 작품은 영원히 살아남을 수 있는 작품이 됩니다.

우주의 원리를 담고 있는 이러한 생명력이 있는 작품은 이것을 알아보는 인간들에 의해 유산으로, 문화재로, 보물로 지정되어 남아 있습니다.

지구에 다녀간 선인들이 이러한 유산을 남겨놓고 가는 것은 수련자의 도리이기도 하였으며, 이러한 징표는 여러 가지로 남아 있습니다. 피라미드, 잉카 문화, 아즈텍 문화, 인류의 4대 문명의 발생 등 모든 것이 선인들이 지상에 남긴 유산들입니다. 저는 나무를 소재로 하는 것을 한번 남겨보고 싶었습니다.

선생의 의도는 성공한 것 같습니다. 그럼으로 인해 공부도 많이 되었고요.

아직 몰라보는 사람들도 많습니다.

다 알면 되겠습니까? 아는 사람만 알면 되지요….

그렇긴 하옵니다.

앞으로는 무엇을 할 예정입니까?

다시 한 번 해볼까 합니다.

건축 말씀입니까?

반드시 건축은 아니라도 인간의 마음을 정확히 표현할 수 있는 것이면 될 것 같사옵니다. 석조도 무방하며, 목조도 무방할 것이나, 한다면 신기원을 이룩할 새로운 문화를 한번 만들어보고 싶습니다. 인간의 기술은 아직 3차원이므로 공간을 이용하는 수준에 와 있습니다. 시간을 이용하는 4차원의 건축 기술을 한번 사용해볼까 합니다.

그것이 가능하겠습니까?

아직은 선계에서만 사용 가능한 기법이나, 좀 더 발전시키면 인간계에서도 사용 가능할 것이며, 그렇게 되면 인류는 지상의 환경을 어지럽히지 않고 지구를 보존하며 생활할 수 있을 것이옵니다.

잘해보십시오. 지켜보겠습니다.

더 연구해보겠습니다.

그러십시오. 한번 잘해보십시오.

그러겠습니다.

서경덕

徐敬德

1489~1546 조선 중기의 유학자이자 철학자이다. 자는 가구, 호는 화담, 시호는 문강이다. 스승 없이 독학을 한 것으로 유명하였으며, 격물치지格物致知, 즉 사물의 이치를 끝까지 파고들어 스스로 앎에 이르는 것을 중시하였다. 또한 성리학의 정통 학설인 '이기이원론'과는 다르게 '이'보다는 '기'를 중시하는 '이기일원론'을 주창하였다. 평생 관직에 나아가지 않고, 송도 화담 부근에서 은거하며 학문을 연마하고 후학을 양성하였다. 신분에 관계없이 제자를 받아들였으며, 제자로는 이이, 이지함, 남사고, 황진이, 허엽 등이 있다. 황진이, 박연폭포와 함께 송도 삼절의 하나로 불렸으며, 문집으로는 『화담집』이 전해진다.

오랜만에 뵙겠습니다.

잘 계시었는지요?

저는 그동안 인간 세상에서 분에 넘치는 대접을 받고 있었사옵니다.

어째서 그렇다고 생각하십니까?

저 자신의 주제에 비하여 넘치는 접대를 받고 있사옵니다. 저는 원래 도의 경지가 그리 높지 않아 남의 앞에 나설 주제가 못됨에도 속인들의 평에 의하여 엄청난 도인으로 추앙되어 왔사옵니다. 그래서 제 수준에 비해 높은 대우를 받고 있사옵니다.

아닙니다. 선생이 아니었으면 누가 그런 일을 할 수 있었겠는지요?

부끄럽사옵니다. 당시에는 누군가 해야 할 일이며, 누군가가 대적을 해야 한다고 생각을 하였사옵니다.

한데 지나고 다시 생각을 해보니 그것이 모두 치기 어린 소행이 아니었나 생각됩니다.

아닙니다. 잘하신 일입니다…. 누가 해도 해야 할 일이 아니었습니까? 당시의 일로 황진이 선인도 크게 한 수 배우지 않았나요? 그보다 더 큰 가르침이 어디에 있습니까?
나보다 더 위에도 사람이 있음을 알려주는 것보다 더 큰 선생이 어디 있겠습니까?

그렇기는 합니다만, 더 큰 선생한테 배웠으면 좋았을 것이라는 생각이 듭니다.

당시에 황진이 선인 눈에 선생보다 더 커 보이는 선생이 있었던가요? 아무리 많이 알아도 남자가 아니면 안 되었습니다. 그런 배역에야 선생보다 더 적임이 있었겠는가요?

당시에는 그랬었습니다. 허나 그냥 놓아두어도 더 큰 선생을 만날 수 있었을 것입니다.

아무리 많이 알면 무엇하겠습니까? 알고 싶은 것을 알고 있는 사람이 진정한 스승이지요.

…….

요즈음은 무슨 일을 하십니까?

별로 특별히 하는 일은 없사옵니다. 한 가지, 속의 인간들의 삶을 한 번씩 살펴보며 어떠한 가르침을 내려보내는 것이 좋은가 생각해보고 있을 뿐이옵니다.

역시 선생이군요. 선생은 역시 선생일 수밖에 없는 인연인가 봅니다.

아닙니다. 저는 선생님에게는 못 미치옵니다.

아닙니다. 선생은 정말 훌륭한 스승이십니다. 흔치 않은 일입니다. 남사고 선인이 격찬해 마지않으셨습니다.

선생님을 따르기엔 아직 역부족입니다.

제가 쉽게 공부할 수 있었던 것은 좋은 스승을 만난 때문이지요…. 그런데 공부는 어찌 되어 가고 있습니까?

하는 데까지 하고 있습니다. 한데 어디까지 해야 하는지요?

선생께서 갈 수 있는 데까지 가십시오. 가다 끝이 나오면 다시 이야기하시지요.

그러겠습니다. 할 수 있는 데까지 가보겠습니다.

가다가다 끝이 나오면 거기서 다시 만나십시다.

그리하도록 하겠습니다.

결과를 기대하겠습니다.

해보는 데까지 해보겠습니다.

조만간 다시 보십시다.

안녕히 계십시오.

박지원

朴趾源

1737~1805 조선 후기의 문신으로 실학자이자 외교관, 소설가이다. 자는 중미이며, 호는 연암이다. 홍대용, 박제가 등과 함께 북학론을 세워 이용후생의 실학을 강조하였으며, 상공업을 중요시하는 중상주의를 주창하였다. 친족형 박명원을 따라 청나라에 다녀온 후 저술한 기행문 『열하일기』에서는 청나라의 선진 문물을 소개하며 조선의 정치, 경제, 사회 등 다방면에 걸쳐 심도 있는 비판과 개혁을 제시하였다. 『열하일기』는 당시 위정자들과 지식인들에게 많은 영향을 끼치면서 논란이 되었다. 또한 고전문체와는 다른 재치 있고, 자유로운 문체로 다수의 소설을 저술하여, 조선 양반계층의 허위의식, 타락상을 고발하기도 하였다. 제자로는 유득공, 박제가, 이덕무 등이 있으며, 저서로는 『열하일기』, 『과농소초』, 『연암집』, 『허생전』 등이 있다.

1

반갑습니다.

그간 뵙지 못하였습니다.

어찌 지내시는지요?

여전히 본업을 하고 있을 뿐입니다.

요즈음은 무엇이 본업입니까?

세상을 바라보는 것이 본업이옵니다.

바라보니 어떻던가요?

어지러워서 잠시 피하고 싶을 뿐이옵니다.

선생도 이 세상을 움직이는 사람 중의 한 분이 아닌가요?

그렇지 않사옵니다. 세상은 세상대로 돌아갈 뿐이옵고, 저는 저대로 노력을 할 뿐이옵니다.

요즈음의 세상은 어찌하면 좋겠는지요?

다들 제정신이 아닌 것 같사옵니다. 모두가 제자리를 지키면 세상은 절로 발전하도록 되어 있으나, 제자리를 지키지 않는 사람이 많으면 많을수록 세상은 제자리를 찾기가 쉽지 않사옵니다.

그런데 요즈음은 제자리를 지키지 않는 사람이 많아 다시 제자리로 돌아가기가 쉽지 않게 되어가고 있사옵니다. 정치인부터 본래의 자리에서 이탈한 사람이 65% 이상 되는 데다가, 기업가는 90% 이상, 학자도 80% 이상, 전체 국민의 70% 가까이가 제자리를 이탈하고 있사오니, 모든 일이 제자리를 찾기가 쉽지 않사옵니다.

어찌하면 되겠습니까?

아시다시피 거의 손볼 여지가 없사옵니다. 그러나 세상은 본래 망하도록 가는 것은 아니므로 이 상태대로 더 망가지지 않고 갈 것이옵니다. 어느 시대를 막론하고 일부만 정신 차리면 나라는 나아갈 수 있사옵니다.

개개인의 발전은 개인의 운명대로 가는 것이므로 다른 사람의 걱정이 영향을 미치는 것은 아닙니다. 제가 예전에 실학을 주창한 것은 모든 사람들이 발전하도록 하기 위함이었으나, 개개인의 갈 길은 따로 있사옵고, 다른 사람이 노력한다고 해서 달라지는 것은 없었사옵니다.

하늘의 일은 작은 것 하나도 큰 효과가 나타나게 되어 있사오나, 인간의 뜻은 하늘의 뜻으로 나타나지 않는 이상 별로 효과가 나지 않도록 되어 있사옵니다. 난국을 헤쳐나가는 지혜를 일국의 통치자가 가지면 80% 이상 빛을 볼 수 있으며, 각료가 가지면 50%, 실무자가 가지면 10% 이내의 효과를 가집니다.

따라서 실무자의 생각을 통치권자가 읽을 수 있어야 나라가 발전을 하는 것입니다. 현재의 난국은 아직 본격적인 난국이 아닌바, 난관의 정도를 보면 30~40점 정도인 상태로서, 이 정도는 우리가 조금씩만 노력을 더 하면 그리 힘겹지 않게 넘어갈 수 있는 수준입니다.

이것은 연습이며, 앞으로 본격적인 어려움이 올 수 있습니다. 따라서 지금 이 정도의 연습을 해두는 것은 앞으로 상당한 도움이 될 것입니다. 과소비를 건전한 소비로 바꾸고 생활 태도를 바꾸는 것만으로 해결될 정도의 수준이므로, 너무 걱정하지 마시고 기다려보심이 어떨까 합니다.

알았습니다. 자주 보십시다.

그리하도록 하겠습니다.

2

다시 봅니다.

예. 한국은 지금 기로에 서 있다고 할 수 있습니다. 기로란 어느 길로 가느냐에 따라 망하는 방향으로도, 흥하는 방향으로도 나갈 수 있음을 말합니다. 현재는 약간 흥하는 방향으로 길이 잡혀 있으나 앞으로 하기에 따라 달라질 수 있습니다.

원래 사람들이란 자신의 자리를 지키는 사람이 절반 이상 되며, 그 절반 이상 중에서 5~10% 정도가 리더의 역할을 하도록 되어 있는바, 이 리더 집단의 통솔력이 강력하지 못하면 국민들의 삶은 힘겹게 되어 있사옵니다. 지금 한국은 점차 망하는 길에서 벗어나 흥하는 길로 통하는 입구에 들었는바, 아직 안정되지 못하므로 어찌 될지는 보아야 알겠습니다.

하늘에는 정해진 길이 있지 않은가요?

길은 있사옵니다. 허나 사람들의 사고방식이 워낙 다양해지므로 서로 충돌되는 경우가 종종 생겨 예상치 못했던 방향으로 나가는 경우가 점차 증가하고 있습니다. 인간은 원래 그 불예측성으로 인하여 발전할 수 있게 되는바, 이 불예측성이 점차 강화되어 가고 있습니다. 큰 방향은 진화이나 작은 부분에서 오차가 있을 수 있는 상태입니다.

앞으로 수련하는 사람들의 생각이나 태도는 어찌하면 좋겠는지요?

언제나 하늘이 내려다보고 있음을 생각하고, 자신의 내적인 면을 추구하며, 건전한 삶을 누릴 수 있도록 하여야 할 것입니다. 하늘도 우주가 아니고 하늘인지라 인간의 행동을 보고 판단하는 것입니다. 이 인간 행동의 평가 기준은 선악입니다.

인간 세상에서는 잘못하고도 잘살 수 있는 사람이 있으나 이는 하늘에서는 전혀 통하지 않는 사고방식입니다. 진정한 부는 오히려 하늘에 와서 구할 수 있을 것입니다.

하늘에서도 부를 구하지 않는다면 우주의 반열에 들 수 있을 것입니다. 우주의 반열에 들었다 함은 영혼까지의 인간을 포함하여 더 이상의 진보가 있을 수 없는 정도의 상태입니다. 곧 하늘 이상의 단계라고 할 수 있습니다.

나라의 발전은 곧 자신의 발전이 모여서 이루어지는 것입니다. 자신의 발전을 생각하지 않고 나라의 발전을 생각하는 것은 바람직스럽지 못한 행동입니다. 수련생들은 우선 자신부터 갈고닦을 걱정을 먼저 하는 것이 도리입니다. 점차 발전 과정에 들어갈 것으로 보이므로, 항상 함께 힘을 모을 수 있는 준비를 하고 있는 것이 좋습니다.

인간의 장래는 앞으로 30~50년 사이에 큰 고비를 맞게 됩니다. 이 고비를 넘기면 인류의 문명은 상당히 급속도로 발전할 수 있을 것입니다. 공해, 과학적 지식의 한계 등 인류의 앞에 놓인 장애물은 앞으로 30년 이내에서 해결되어야 할 것입니다.

완벽한 해결까지는 몰라도 해결 방법 정도는 나와 있어야 할 것입니다. 이 방법을 이용하면 우주여행도 한층 쉽게 할 수 있습니다.

선생의 친구들은 지금 무엇하고 있나요?

한번 수련의 길에 들어오면 언제나 수련밖에 없사옵니다.

알겠습니다. 제가 수련하면서 종종 부르겠습니다.

잘 알겠습니다.

김시습

金時習

1435~1493 조선 초기의 문인으로 학자이며, 생육신의 한 사람이다. 자는 열경, 호는 매월당, 불교 법명은 설잠이다. 두뇌가 뛰어나 어려서부터 신동, 문재로 이름이 높았다. 5세에 세종에게 장래를 약속 받았으나 이후 수양대군이 단종의 왕위를 찬탈했다는 소식을 듣자 책을 태워버리고 승려가 되어 오랜 방랑 생활을 하였다.

금오산에 머무를 당시 한국 최초의 한문소설 『금오신화』를 지었는데, 『금오신화』는 이전의 한문 작품들과는 달리 주인공과 배경이 우리나라로 되어 있어 한국적인 풍속, 감정, 사상이 잘 드러나 있다. 또한 그의 유교와 불교를 아우르는 폭넓고 자유분방한 사상과 탁월한 문장은 후학들에게 많은 영향을 줬다. 현전하는 것만 2,200편이 넘는 많은 시를 남겼으며, 시문집에 『매월당집』이 있다.

오랜만입니다.

잘 지내셨사옵니까? 그간 격조하였사옵니다.

그간의 연구는 어떻게 되었는지요?

하긴 하였으나 완성되지 않아 아직 하고 있는 중입니다. 지속적으로 할 생각입니다.

지금까지 해보니까 무엇이 더 깨달아지던가요?

세상은 넓고 할 일은 많사옵니다. 나와서 보니 우주는 전에 생각했던 것보다 더 넓었으며, 인간의 의사가 전해지지 않는 곳은 거의 없다는 생각입니다.

선계와 인간계는 어떻게 다르던가요?

선계는 인간계보다 한 차원 다른 위치에서 우주를 바라보는 곳으로서 한층 더 많은 것을 배울 수 있었습니다. 인간계의 일들이 모두 하찮사오나, 가장 크게 전달되어 오는 것은 인간 중 깨달음을 얻은 사람들의 동정입니다. 그러한 경우 온 우주에 그 파장이 미치게 되는 것 같사옵니다.

선생은 무엇을 깨달아 선계에 오게 되었습니까?

저는 세상을 살아가는 이치를 깨달아 선계에 올 수 있었사옵니다. 인간 군상들의 살아가는 모습을 보면 그 안에 우주의 모든 것들이 들어 있었사옵니다. 그것을 보면서 우주를 알 수 있었사옵니다.

그때 본 우주와 지금 선계에 와서 본 우주와 어떻게 다르던가요?

그때 보았던 우주도 우주의 일부이며, 본질을 본 것은 틀림없사옵니다. 허나 우주에 와서 본 우주는 역시 우주라는 생각이 듭니다. 인간의 사고로는 짐작하기 어려울 만큼 넓고 큰 생각의 바다였습니다. 없는 것이 없고, 우주의 그물에서 빠져나갈 수 없음을 더욱 완벽히 깨달을 수 있었사옵니다.

그것을 아니까 어떻던가요?

공부의 끝이 없음과 선계에 와서도 더욱 노력하여야 함을 알게 되었사옵니다.

선계에서 노력이 무슨 필요가 있던가요?

아시면서 그러십니까? 우주의 지식은 감히 한 영체의 지식으로 덮을 수 있는 정도가 아닙니다. 우주의 단계를 넘어서서 우주 자체가 되어야만 동시에 모든 것을 알 수 있는 것 같사옵니다.

그렇던가요?

하늘의 일은 역시 하늘의 일이옵고, 우주의 일은 우주의 일이며, 인간의 일은 인간의 일이옵니다. 인간으로 있으면서 깨달은 것과 선계에 와서 깨달은 것은 또한 너무나 차이가 남을 알 수 있사옵니다.

그렇습니까?

아무리 해보아도 인간의 일은 인간의 일이며, 하늘의 일은 하늘의 일이고, 우주의 일은 우주의 일인바, 상호 간에 뛰어넘을 수 있는 방법은 역시 벽을 넘을 수 있는 깨달음밖에 없음을 알 수 있었사옵니다. 인간의 힘으로 우주의 반열에 드는 것은 역시 깨달음이었사옵니다.

알았습니다. 다시 만나십시다.

다시 모시겠사옵니다.

이지함

李之菡

1517~1578 조선 중기의 문신이자 학자이다. 자는 형백이며, 호는 토정, 시호는 문강이다. '토정'은 그가 서울 마포 강변에 '토정土亭'이라는 흙집을 짓고 가난한 사람들과 같이 청빈하게 살았기에 붙여진 이름이다. 서경덕 문하에서 공부하였으며, 스승의 영향으로 역학, 천문, 지리, 수학, 의약, 복서에 두루 통달하였다. 전국의 산하를 돌아다니며 좋은 땅을 점지하였고, 예언, 기행, 기지에 관련된 많은 일화를 남겼다.

또한 이지함은 항상 백성들의 삶에 지대한 관심을 기울였는데, 1578년 아산현감이 되었을 땐 걸인청을 만들어 백성의 구호에 힘썼다. 저서로는 『토정비결』, 『농아집』 등이 있다.

우리 선대에는 선인이 여러분 계십니다. 이 선인 중에는 우리가 잘 알고 있는 분도 있고, 잘 모르는 분도 계십니다. 잘 알고 있는 사람은 어떤 경우에는 진정 수련을 한 경우이며, 또 다른 경우는 이름을 빌린 경우입니다.

저는 이름을 빌려드린 경우로서 저의 실제 실력은 책에 나온 것보다 낮습니다. 저의 스승님은 당시 별로 알려지지 않았던 분으로서 제가 살던 마을에 와서 10여 년간 사시던 분이었습니다.

계골 선생으로 알려진 이 선생님은 실로 어느 학문에나 정통하셨으며, 당신의 지식으로 모든 사람들이 존경하던 분이었습니다. 저는 그중에서 인생의 미래를 미리 알아보는 법에 관하여 배웠으며, 그중의 일부를 적어놓은 것이 『토정비결』입니다.

이 『비결』을 펴내는 것은 선생님의 허락을 받았으나, 전체적인 내용을 등재하는 것에 대하여는 허락을 받지 못했기 때문에, 제가 알고 있는 부분에 관하여 작성한 것입니다. 선생님의 이름을 사용함이 허락되지 않을뿐더러 당시의 그 성함조차 실명인지도 불확실한 상태입니다.

이 『비결』의 큰 줄거리는 맞습니다. 그러나 세세한 부분에 들어가면 틀린 점이 발견되는데, 이 틀린 점은 일부러 틀리게 한 것입니다. 인간의 미래는 당시 선생님의 예지 능력으로 보아 맞추지 못할 것이 없었으며, 따라서 그 내용대로 펴낸다면 인간의 미래를 망치는 결과를 초래할 수밖에 없으므로, 선생님께서는 일부러 모든 것을 싣지 않고 그렇게 일부만 펴도록 하신 것입니다.

저는 동네에 살면서 선생님을 뵈었고, 선생님은 동네의 모든 분들의 어려움을 알게 모르게 해결해주시면서 계셨습니다만, 나중에 생각하면 저와의 인연 때문에 오셨던 것 아닌가 하는 생각이 듭니다.

동네의 많은 아동들 중 깊은 지식을 전수받은 것은 저밖에 없으며, 그것은 저의 선계수련 이후 앞날을 선생님께서 예견하신 탓인가 합니다. 선생님께서는 항시 조용하시면서도 결정적인 시기가 되면 정확한 판단을 내려주셔서, 동네 사람들이 별 어려움 없이 매사를 준비할 수 있도록 하여주셨으며, 이러한 선생님의 예지 능력은 어느 날 선생님께서 갑자기 사라지실 때까지 계속되었습니다.

우리 동네에 오실 때 벌써 60이 넘으신 것으로 보였으며, 저에게 모든 것을 전수해주고 난 이후는 일흔이 훨씬 넘으신 것 같았습니다. 선생님의 영향은 당시 조선의 다른 곳에서도 입은 것 같았으나 확신할 수는 없습니다.

저는 인간의 사주에 관한 것 이외에도 다양한 학문적 성취를 맛

볼 수 있었으며, 이러한 것이 기반이 되어 나중에 큰일을 도모할 수 있었던 것입니다. 오늘까지 이렇게 대화가 가능한 경우는 없었으며, 이제 앞으로는 지난 시절에 제가 겪었던 것들에 대하여 하나씩 말씀드릴 수 있을 것 같습니다.

너무나 많은 것들이 감추어져 있으며, 드러난 것은 일부에 불과합니다. 이 일부라도 정확히 알면 대처가 가능한 것이 상당수 있습니다. 그러나 일부도 모른 채 가는 사람들이 99.9%인지라, 모두가 발전의 계기를 놓치고 정해진 대로 가고 있을 뿐입니다. 앞으로 혹세무민하는 책들이 많이 나올 것이나 판단할 수 있도록 해주시는 것은 지금부터의 사람들 몫입니다.

알겠습니다. 자주 만나십시다.

알았습니다.

선인들은 모두 자신을 내세우지 않으므로 지나치게 겸손하게 자신들의 행적을 과소평가한 점이 없지 않다. 모두 상당한 수준의 선인들이었음을 밝히고 싶다.

이지함 선인과의 추가 대화 내용은 2003년 『소설 선仙(전 3권)』으로 출간되었다.

의선 허준과의 만남

2000년 출간되었으나 절판된 도서『선계이야기2 - 의선 허준과의 만남』중
'허준 선인과의 대화' 내용을 이곳에 실었습니다.

허준

許浚

1546~1615 경남 의령 태생으로 부친의 성함은 허면, 모친은 박지연이다. 중인 집안이었으나 상당한 심성과 학식을 갖춘 부모의 영향으로 어려서부터 다양한 서적을 접하며 공부를 많이 하였다. 어려서 일찍이 자연과 하나가 되는 체험을 통하여 진리를 알고 하늘과 통하는 방법을 찾아 수련을 하였으며, 도道를 펴는 방편으로 의술을 택하여 『동의보감』을 저술하는 등 많은 업적을 남겼다.

스승은 여러 분이 있었는데 크게 영향을 끼친 분으로는 어려서 이원의 선생에게 배웠고, 다음에는 문의 선생에게, 그리고 진록 선생이라는 분에게 인체와 우주에 대하여 배웠다. 알려진 바와 달리 유의태와는 생전에 만난 적이 없다.

허준은 지구라는 고난도 수련별을 택하여 선계에서 온 선인의 한 분으로서, 역할을 다하고 현재는 우주에서 목木의 기운줄을 관장하시는 한편, 지구에서 1,000억 광년 이상 떨어진 디나성의 성주로 있으면서 약에 관한 연구를 계속하고 있다. 선계의 본명은 '기우리나'이며 현재 수선재의 건강 수련반에서 수련생들의 수련을 도와주고 계신다.

드라마 〈허준〉

허준 선인의 본명은 '기우리나'이며 우주에서 목木의 기운을 관장하시는 대선인으로서 현재 수선재의 건강 수련반에서 도움을 주시고 계십니다. 이분에 관한 방송 드라마가 인기리에 방영되고 있으므로 대화의 시간을 가져보았습니다.

허준 선인을 청하자 허름한 옷을 입은 37세가량의 남자가 나타난다.

뉘십니까?

허준입니다.

선계에 계시는 분께서 어찌 그러한 모습으로 계십니까?

근래의 이미지(MBC 드라마 〈허준〉의 모습)를 살려보려 했사옵니다.

아닙니다. 본래의 모습을 보여주십시오.

말씀 낮추십시오.

본래의 모습으로 돌아오는데 80세 정도의 나이에 백발 수염이 보기 좋은 노인이 도포를 입고 나타난다.

빨리 본모습을 보이시지요. 장난할 때가 아니지 않습니까?

예. 그럼 본모습을 보이겠습니다.

한복 차림을 한 40대 정도 연령의 장년의 건장한 체격을 한 사람이 나타난다.

언제나 그렇게 장난이 심합니까?

아니옵니다. 뵙게 되자 반가움에 한번 그리해보고 싶었사옵니다.

몸이 변하며 매끈한 복장으로 바뀐다. 원래의 모습인가 보다.

근래 방송되고 있는 드라마에 대한 것은 어떻게 생각하시는지요?

드라마의 파장이 상당히 곱게 나오는 것으로 알고 있습니다. 인간의 굴레를 벗어나 자연스러운 하늘의 법도를 펼치는 것으로 알고 있습니다.

그러나 드라마는 드라마일 뿐입니다. 제가 인간 세상에서 어떻게 의술을 배우고 폈으며, 그 의행에 관한 이야기가 어떻게 남아 있는지는 작가가 전부 알 수 없을 것이며, 따라서 작가가 임의로 구성하여 극본을 집필하였을 것인바 그러한 것 역시 용인되는 것입니다. 작가에게 그만한 자유마저 없다면 작가를 할 수 없을 것입니다.

어느 정도나 허준 선인을 표현할 수 있었던 것 같습니까?

상당 부분 비슷하게 썼다고 생각합니다. 그만하면 되었지 않나 생각합니다. 허나 저의 입장에서는 제가 주제가 되어 여러분들을 즐겁게 하여드렸으면 그것으로 그만이며 더 이상의 바람은 없습니다.

드라마에 나오는 선인의 역할은 어떻게 생각하는지요?

여러 번 나왔으므로 별로 깊이 생각지 않고 있습니다. 인간이 인간을 드라마로 엮어서 교훈을 전달하는 것은 어느 시대 어느 인물을 설정하여도 마찬가지이며 제가 나오지 않았으면 다른 의인이 나왔을 것이므로 그렇게 생각할 뿐 별다른 생각이 있을 수 없습니다.

실제의 선인과 어떠한 점이 닮고 어떠한 점이 닮지 않았는지요?

근본적인 성품은 닮았으나 상황은 다른 점이 많사옵니다. 허나 어디까지나 드라마이므로 그런가 보다 하고 있을 뿐입니다.

생전에 선인과 관련이 있었던 여인은 누구였는지요?

드라마에 나오는 예진이는 드라마의 재미를 위하여 조작된 인물이며 이름은 다르나 비슷한 여인이 있긴 하였습니다. 하지만 예진이와 근본적으로 다른 것은 잠시 만났다가 상호 간에 마음만 가지고 헤어졌을 뿐 오랜 세월 정을 나눈 사이는 아니라는 점입니다.

복순이라는 여성과 2~3년간 서로 정을 간직한 경우는 있었으나 손을 잡거나 오랜 기간 대화를 해본 사이는 아니었습니다.

다른 여자는 없었는지요?

처와는 천생연분이었다고 생각합니다. '이난실'이라는 여성이었는데 거의 의견 차이가 없이 생활할 수 있었습니다. 인간계에 와서 이 여성을 만나지 못하였더라면 저의 모든 자국은 없었을 것이라고 생각합니다.

서자로 태어난 이유가 있으신지요?

서자로 태어난 이유는 없사옵니다. 인간 세상에서 살아감에 별로 지장 없이 제 뜻을 펴기 위해서는 구속받지 않는 삶이 좋을 듯 싶었습니다. 그러한 이유 외에는 다른 이유가 있을 수 없었을뿐더러 실제로 살아본 결과 역시 그러하였습니다.

모든 것은 매일수록 점점 더 매이게 되므로 자신의 뜻을 펼 수 있는 방법을 찾았을 뿐입니다.

친구들은 누구였는지요?

친구들은 많지 않았습니다. 제 성격상 많은 사람들과 깊은 정을 나누는 것이 맞지 않을뿐더러 저의 길을 가기에도 바빴으므로 반드시 필요한 사람 이외에는 사귀지 않았던 것입니다. 이러한 사람들은 주로 의인들이었으며, 이러한 의인들 이외에는 별로 사귀지 않았습니다.

세상의 이치를 알고 나서부터는 모든 것이 보였으므로 이들로부터 구할 것이 없었을 뿐만 아니라 다른 사람들이 제게 구하려 하였으나 이들에게 주어도 소용될 것이 별로 없었으므로 그대로 생활하였던 것입니다.

다만 지나는 사람이라도 서운하게 한 적은 없으며 모든 이에게 성실한 진료를 위하여 노력하였습니다.

허준의 가족 관계

세인들이 궁금해하는 몇 가지 점에 대하여 질문 드리고자 합니다. 괜찮으시겠는지요?

말씀드리겠습니다.

먼저 가족 관계에 대하여 알고자 합니다.

부모와 형이 3명, 여동생이 하나로 5남매였습니다. 이들과의 사이는 동네에서 모든 사람들이 칭찬하도록 좋았으며 서로 아껴주며 생활하였습니다. 다만 한 가지 아쉬운 것은 셋째 형이 여덟 살의 이른 나이에 죽은 것입니다. 똑똑하고 착했던 형이 그렇게 되자 모두 서운해하였지만 형은 나름대로 사정이 있었습니다.

나중에 알았습니다만 형은 그 어린 나이에 벌써 감이 있었던 것입니다. 그 감이란 나와서는 안 될 시기에 서둘러서 수년간 경험을 얻어보려 한 것이었던 것입니다. 나중에 알고 나서야 서운함이 가시기는 하였으나 선계와는 무관한 어른들은 많이 서운해하셨던 기억이 납니다.

부친은 중인으로서 관리였습니다. 모친은 살림 이외에는 모르시는 분이셨으며, 가난한 집에 태어나셨으나 첩은 아니었습니다. 본래 기질이 온순하나 강한 편이었으며, 타인에게 신세를 지는 것을 죽기보다 싫어하셨으므로 없어도 견디는 것에 대하여는 이골이 났었던 것 같습니다.

모친이 첩이었다는 것이 정설로 되어 있는 것에 대하여는 어떤지요?

첩이라기보다 재취라고 보는 편이 옳습니다. 순서로는 두 번째이나 사실상 정실부인과 다름없는 부인이셨습니다. 첫 부인이 돌아가시고 나서 들어오신 분이므로 첩이라는 지적에 대하여는 문제가 있습니다.

우리 형제들은 맏형만 빼놓고 전부 두 번째 모친께서 낳으신 형제들입니다. 그러나 형제들 간에는 서로 이러한 사실을 느끼지 못할 만큼 우애가 좋았으며 잘 지냈습니다. 대부분의 사람들이 이러한 사실을 알고 있지 못합니다.

당시의 기록이 별로 없는 관계로 주변의 기록들을 추정하여 조합한 것이 있을 것인바 저의 경우 모든 것을 『동의보감』으로 남기기 위하여 노력하였으며 나머지는 별로 신경을 쓰지 않았기에 일부에 대해서는 오해가 있을 수 있습니다.

서자로 나와 있는 것에 대하여는 어떤지요?

위와 같은 연유로 서자인 것처럼 나와 있는 것으로 보이는바 정실부인이 있고, 첩이 있으면 서자일 것이나 정실부인이 돌아가시고 나서 들어오신 모친께서 두신 자녀들을 어찌 서자라고 할 수 있겠습니까? 오도된 것입니다.

한데 앞서 제가 '어찌하여 서자로 태어나셨는가?' 하는 질문에 대하여는 어찌 그 같은 답변을 하셨는지요?

서자이면 어떻고 정실 자식이면 어떻습니까? 저의 출생에 대하여는 별로 괘념치 않고 있어 가벼이 말씀드렸으나 사실 위로 여러 형들이 있었으므로 별로 다른 문제에 신경 쓰지 않고 넘어갈 수 있는 부분들이 많이 있었습니다. 그러한 면이 저의 활동 반경을 상당히 넓힐 수 있는 계기가 되었던 것 같습니다. 중인의 집에서 평범하게 태어났다는 뜻에서 드렸던 말씀이었습니다.

허준 선인에 대한 한 논문을 보니 '허징' 이라는 배다른 동생이 있었다고 하는데 어찌 생각하시는지요?

동생이 한 명 있었는데 이름은 '정'입니다. '허정'이었으나 출생 후 얼마 살지 못하고 4년 10개월 만에 돌아갔으므로 공식적인 기록은 없을 것입니다. 그 외에 배다른 동생은 기억에 없습니다.

인간계에서는 중요한 것이 선계에서는 별로 중요치 않은 경우도 있으며 당시의 다소 복잡한 계보에도 불구하고 저의 집안은 조용한 편이었으며 따라서 시끄러운 사대부 집안에 비하여 비교적 조용한 생활을 할 수 있었습니다.

모친의 성씨를 알려주시지요.

박씨였습니다. 박가 성에 '지연'이라는 이름을 사용하셨던 기억이 있습니다. 중인으로서는 상당한 지식과 심성을 갖추고 계셨던 분입니다. 인간으로서는 별로 드러나지 않았으나 실력 면에서 고을의 누구에게도 뒤지지 않는 분이었습니다.

모친의 영향으로 형제들 모두 나름대로 분야를 개척하여 공부하고 있었으며 어려운 형편임에도 책을 두루 구해주심으로 인하여 당시에는 보기 어려웠던 다양한 서적을 대할 수 있었던 것이 후일 많은 도움이 되었습니다.

모친은 항상 행실이 단정하고, 타에 모범이 되셨으며, 조용조용한 가운데 하실 말씀은 다 하시는 분으로서 주변의 모든 분들이 좋아하시면서도 어려워하셨던 분이셨습니다.

부친의 성함은 어떻게 되는지요?

함자는 '허면'으로서 성품이 온화하시고 학식이 깊어서 동네에서 여러 어른들과 함께 일을 논하실 때면 신분을 막론하고 양반들도 어려워하셨던 분이셨습니다. 중인임에도 양반들도 어려워할 정도의 지식 체계를 갖추고 계심으로 감히 타인이 함부로 할 수 없는 분위기를 갖추고 계셨습니다.

부친의 영향은 제가 속세에 있는 동안 내내 저희 형제들에게 미치고 있었으며, 부친의 영향은 모든 형제들이 자신의 길을 감에 있어 절대적인 영향을 미친 바 있습니다.

고향은 어디이셨는지요?

경남의 '의령'이었습니다. 소년기의 얼마간을 '합천'에서 생활하기도 하였으나 본거지는 '의령'이었습니다.

어느 정도 커서 '진주'에 잠시 거주하기도 하였으며 이러한 모든 것은 부친이 관직에 계셨기 때문이었습니다. 어른이 되어서도 주로 현재의 경남 지방에서 거주하였으며 나중에는 '서울'에서 생활하였습니다.

유의태와 양예수 선생

스승은 누구였는지요?

한두 분이 아니셨습니다. 딱히 스승이라고 할 수 있는 분이 세 분이 계셨는데 처음에는 이원의 선생이 의술을 가르쳐주셨습니다. 어릴 때이므로 깊은 내용은 없었으나 인간의 외양을 보고 아픈 곳을 알아내는 것에서부터 문진(물어서 진찰하는 것)까지 배웠습니다.

다음은 문의 선생에게 배웠습니다. 문의 선생께서는 다양한 외부의 요인이 인체에 미치는 영향에 대하여 가르쳐주셨습니다. 다음에는 진록 선생이셨는데 인체와 우주에 대하여 배웠습니다.

유의태 선생과는 어찌 되는지요?

이야기는 들었으나 만난 적은 없었사옵니다.

그렇다면 유의태 선생과는 인연이 없다는 말인지요?

아닙니다. 유의태 선생과는 이미 인연이 있었던 것입니다. 당시에는 만난 적이 없으나 그 이전에(전생) 잠시 함께한 적이 있으며, 그 이후에도(후생) 의학에 관하여 함께 연구를 한 적이 있었습니다.

당시 어의御醫 '양예수'가 스승과 같은 위치였는지요?

양 선생님께서는 당대에 가장 엄한 스승으로서 어느 누구에게도 지지 않을 만큼 대단한 분이셨습니다. 아마도 조선조의 모든 의인醫人을 통틀어 가장 뛰어난 분 중의 한 분이었을 것입니다. 이 분은 제게 스승으로서보다는 상사에 가까웠으나 그러한 면과 동시에 스승으로서의 많은 영향을 주셨던 분이셨습니다.

하면 선인의 의술은 누구의 것인지요?

다양한 자료를 가지고 연구하여 자신의 것으로 만든 것입니다. 이것은 누구를 막론하고 이러한 방법이 가능한 것이며 이러한 방법을 통하여 상당한 효과를 거둘 수 있음에도 사람들이 편한 방법을 따라서 함으로써 자신의 경지를 이루지 못하고 말기 때문에 잘 생겨나지 않는 것입니다.

의술은 자신의 몸에 대한 시술을 가장 근본으로 하며 자신의 몸에 대한 시술이 없고서 검증되지 않은 것을 타인으로부터 전해 듣고 타인에게 시술한다는 것은 어려운 일인 것입니다. 한 가지의 약초라도 직접 맛을 보고 그 효능이 인체의 어느 부분에 이로운 것인가를 확인한 후 사용하여야 할 것입니다.

인체는 우주의 축소판이므로 근본적으로는 두 가지, 음 체질과 양의 체질이 있습니다만, 다시 오행과 더불어 10종의 체질이 나오고 이 10이 다양한 변화를 일으키며 약 36,000가지의 체질로 변화합니다. 명의란 이 36,000가지 체질 중에서 어느 체질에 가장 가까운가 하는 것을 알아내는 것에서 시작하여야 합니다.

진단이 정확히 되었음은 이미 절반은 성공하였음을 말해주는 것으로서 곧 치료가 거의 정확히 될 수 있음을 나타내는 것입니다. 이러한 일련의 과정을 알고 나서 인간이 인간의 몸에 손을 대는 것이 용인되는 것입니다.

저의 선생님들께서는 모두 의술보다는 인체에 대하여 다양한 지식을 가지고 계신 분들이었으며, 이러한 다양한 지식이 인간의 신체에 정확히 적용됨으로써 그 효과를 거둘 수 있도록 하여주신 분들이었던 것입니다.

의술은 불완전한 인간이 더 불완전한 인간에게 베풀어야 하는 것으로서 자신의 신체가 불완전하면 타인의 신체의 이상을 정확히 감지하기 어려운 결과를 가져올 수 있습니다. 장애인이 의술을 펼 때는 자신의 부족한 부분을 항상 의식하고 의술을 펴야 할 것입니다.

의학은 곧 인간으로서 가장 우주의 원리에 근접한 학문인 것입니다. 즉 음양오행을 가장 기본으로 하며 이것에 각각의 증상을 덧붙여 분석하고 나누며 합하여 그 결론을 유도해내는 것으로서 신의 경지에 다다라야 정확히 처방할 수 있는 것입니다.

선인께서는 정확한 처방이 가능한지요?

가능합니다. 우주에서 선인이라고 해서 100% 정확한 진단을 할 수 있는 것은 아닙니다. 선인이 진화한다는 것은 이러한 과정을 거쳐 이루어지는 것입니다.

그럼 어떻게 해야 정확한 처방이 가능한 것인지요?

본인의 업을 전부 해소하는 것이 선행되어야 합니다.

업의 해소라면 어떤 의미인지요?

본인이 이루어온 모든 잘잘못을 판단하여 이것이 더함도 덜함도 없는 상태를 업의 해소라고 합니다. 이러한 상태가 되어야 인간은 자신을 가장 바로 볼 수 있도록 되는 것입니다. 이러한 상태는 인력으로는 불가능한 경우가 대부분이므로 대개가 하늘의 뜻에 의해 이루어지게 됩니다.

따라서 하늘의 뜻에 의해 모든 것을 해소하고 난 이후 선인이 되도록 예정되어 있는바 인간이 불완전한 상태에서 타인의 불완전을 다스린다는 것은 이러한 것을 염두에 두고서야 가능한 것입니다.

그렇다면 인간이 인간을 다스린다는 것은 어려운 일이겠군요.

그렇습니다. 불완전한 인간이 불완전한 상태로 인간을 대하면 결과 역시 불완전하게 나오도록 되어 있습니다. 따라서 가급적

완성에 가까이 다가가도록 한 후 의술을 익히는 것이 근본적으로는 옳은 것입니다.

그러나 인간으로서 인간을 평가하는 것이 인간의 완성에 기준을 두는 것이 아니라 의술에 대한 지식만으로 의인을 평가하므로 불완전이 불완전을 낳아 지속적인 불완전을 거듭하게 하는 원인이 되었던 것입니다.

따라서 수련으로 자신의 업을 해소하고 인간으로서 중심을 잡고 바로 서야만이 진정한 의인이 될 기본 조건을 갖추는 것이라고 할 수 있습니다. 중심을 잡고 서면 하늘의 뜻이 보이게 될 것입니다. 하늘의 뜻에는 어떠한 사람을 왜 아프도록 하였는가도 실려 있는 것입니다.

당시에 공부는 어떻게 하셨는지요?

역시 공부는 배우는 것 이외에 있을 수 없사옵니다. 근본적인 것은 배웠사옵고, 그 외의 것은 스스로 터득하였습니다.

그렇다면 무엇을 배우고 무엇을 터득하였는지요?

기본적인 것은 배웠사옵고, 그 외에 부가적인 것을 터득하였사옵니다. 기본적인 것이라 함은 책에 있는 것들이옵고, 부가적인 것이라 함은 책에 없는 것들입니다. 책에 있는 것들은 모두 다른 사람들이 이미 체험하였거나 실험을 한 것들이므로 더 이상 검증에 시간을 요할 이유가 없다고 생각하였습니다.

허나 책에서 찾지 못하거나 책에 찾아보아도 없는 것들은 직접 실험을 해볼 필요가 있다고 느꼈습니다. 부가적인 것이라 하나 실은 중요한 것들이 더 많이 있었습니다.

실험은 어떻게 하셨는지요?

먹어보거나, 맛을 보거나 발라보는 실험을 하였으며 인간의 몸을 가진 제가 실험을 하기 전에 고양이나 개, 닭 등 짐승들에게 먹여봄으로써 결과를 알 수 있었사옵니다. 제가 직접 해본 것이 약 80% 정도 되며, 나머지는 동물을 통하여 실험을 하였습니다.

그러한 실험을 전부 해보았던 것인지요?

아닙니다. 이러한 실험을 수년간 거듭하다 보니 나중에는 인체의 어느 부분에 필요한 약재인가를 알 수 있도록 되었습니다. 잎이나 꽃, 줄기나 뿌리의 생긴 모양새만 보아도 이 약이 인체의 어느 부분에 소용이 되는 것인가를 알 수 있도록 된 이후에는 직접 맛을 보지 않고 사용하여도 짐작하였던 효과를 거둘 수 있었습니다.

그리하면 책에 그러한 부분을 적어놓았는지요?

아닙니다. 저와 같은 과정을 거치지 아니한 사람에게 그러한 방법을 알려주면 실수할 가능성이 90% 이상이므로 적어놓은 바는 없습니다. 그중에서 중요한 약재의 효능을 적어놓았을 뿐입니다.

『동의보감』

연일 고맙습니다.

아닙니다. 당연한 일이옵니다. 도움이 될 수 있는 한 말씀드리겠습니다.

고맙습니다. 그러면 다시 시작하시지요. 그렇다면 『동의보감』은 그러한 의도에서 집필한 것인지요?

제가 먼저 실험을 하였고, 그 실험한 결과를 적어놓은 것으로서 배운 것을 실험한 것이 있고, 터득한 것을 실험한 것이 있습니다.

책에서 구분할 수는 있는지요?

구분할 수 없습니다. 구분할 필요가 있었으면 적어놓았을 것인데 구분할 필요가 없었으므로 그리하였던 것입니다.

『동의보감』에 비방은 있는지요?

비방은 없습니다. 비방이라 함은 극단적인 경우에 사용하는 처방으로서 이러한 처방은 잘못 사용하면 인명을 앗아갈 위험이 다분한 것입니다. 따라서 일반적인 효능 중에서 가장 구하기 쉬운 약재를 사용하는 처방을 내렸을 뿐입니다.

『동의보감』에 그리신 장부의 위치와 모양은 해부학이 발달된 현대 의학의 입장에서도 정확하게 느껴집니다. 드라마에서처럼 실제로 보시고 그리신 것인지요?

인간의 몸에 있는 장부의 위치는 수련을 하면서 기운을 유통시켜 일일이 확인한 것이며, 환자들에게 침으로 기운을 유통시키고 맥으로 잡아 확인한 것을 저의 몸으로 스스로 재확인하여 그린 것입니다. 관절 역시 영안靈眼이 열린 상태에서 고도의 집중으로 관찰하면 알 수 있는 부분들이었습니다.

그러나 이러한 부분들은 수련만 가지고 되는 것은 아니며, 수련 이후에 속계에서 쌓을 수 있는 고도의 지식을 확보하였을 경우에 가능한 것입니다. 따라서 수련만 한다고 해서 되는 것은 아니라는 것입니다. 인간으로서 고도의 지식이 기운줄과 연결되어 승화되면 최신 과학기술을 능가하는 결실을 거둘 수 있음을 의인醫人들은 알아야 할 것입니다.

약재를 구할 수 없으면 어떻게 하였는지요?

약재를 구할 수 없는 경우에는 가장 유사한 기능을 하는 것들이 반드시 있으므로 이러한 것들을 구하여 사용하였습니다.

지상의 약재들은 반드시 한 가지 기능만 가지고 있는 것이 아니고 다양한 기능을 가지고 있으며 이러한 기능을 잘 배합하면 다양한 효능이 나오게 됩니다. 갑이라는 약재가 없으면 갑과 유사한 약재를 사용하고, 을로 보하는 방법도 있으며 이러한 것은 실제로 증상을 보고 결정하여 사용하여야 할 문제입니다.

어느 병에 어느 약재임이 결정되어 있는 것은 아닌지요?

결정되어 있는 것은 아니며 그때그때 상황에 따라 사용하는 것입니다. 경우에 따라서는 정반대의 처방을 하여야 치료가 되는 경우도 있습니다.

주로 어떠한 경우인지요?

예. 사람의 기운이 반대로 넘어간 경우가 있습니다. 일명 기가 넘어간다고 하는 것인데 이 경우는 약을 반대로 써야 하는 경우입니다.

살아날 처방을 하는 것이 아니라 죽을 처방을 한다는 것인지요?

더 죽게 하면 살아날 방법이 생기는 것입니다. 죽는 것은 죽는 것이나 죽는 속도를 너무 빨리 내면 오히려 역작용이 생겨 살아나도록 되는 것입니다.

기가 넘어간다 함은 어떠한 것인지요?

기가 넘어간다는 것은 곧 숨이 넘어가려는 단계를 말합니다. 이러한 단계에서는 정상적인 처방으로는 불가능한 여러 가지 처방이 나오게 됩니다.

그렇습니까? 실례를 들자면 어떠한 것이 있는지요?

다양한 경우가 있습니다. 어린이가 뱀에 물린 경우에 즉사하도록 되어 있는 것을 뱀의 약보다 더 독한 약을 사용하여 살려내는 처방으로서 갈퀴초와 양상이를 함께 빻아서 즙을 내어 먹이는 것입니다.

이 약은 오히려 뱀의 독보다 더 독하여 사람이 뱀의 독을 극복하고 살아나도록 되어 있습니다. 이러한 실례는 자주 있는 것은 아니나 아주 극단적인 경우에 사용하는 것입니다.

그렇군요. 일반적인 경우에는 어떻게 하는지요?

일반적인 경우에는 공식이 있습니다. 주로 허한 부위에 보하는 재료를 사용하여주면 되도록 되어 있으며 이러한 것은 『동의보감』에 정리되어 있으므로 다시 논할 것이 없을 것으로 생각됩니다.

『동의보감』도 진본과 사본이 있는지요?

있습니다. 제가 작성한 것이 진본인바 이것에도 저의 모든 것을 전부 실을 수는 없었사옵니다. 따라서 진본에 없는 것은 저만이 알고 있는 것이라고 할 수 있습니다.

자신만이 알고 있는 것을 이제 다른 사람들이 알도록 하면 더욱 좋지 않겠는지요?

저와 같은 길을 걸어온 사람만이 알 수 있는 것이 있사옵니다. 그렇지 않은 사람의 경우 그 방법을 안다고 해서 실행할 수도 없을뿐더러 실행한다고 해도 동일한 효과가 나는 것은 아닙니다. 오히려 역효과가 날 확률이 더 크다고 볼 수 있습니다.

그렇다면 『동의보감』에 쓰여 있는 것은 어떠한 것인지요?

실험을 하고 또 해서 어떠한 사람, 즉 인체에 대하여 잘 모르는 의원이 사용하여도 이상이 없는 것만 실었습니다.

선인께서 시행한 것은 어떠한 것이 있는지요?

말씀드렸다시피 극약 처방을 통하여 다른 사람이 고칠 수 없는 질병을 치료한 것입니다. 이 방법들은 이 방법을 사용할 수 있는 사람만이 시행할 수 있는 것들입니다.

그러한 방법은 어떻게 알게 되었는지요?

약재를 공부하던 중 약재의 효능을 분석해보는 실험을 하였는데 처음에는 먹어보아서야 알았으나 다음에는 만져보면 알 수 있었고, 그 후에 더욱 진전되었을 때에는 지나치면서 보기만 하여도 어떠한 효능이 있는지 알 수 있었으며, 그 다음엔 거의 선인의 경지에 들어 생각만 하여도 알 수 있게 되었습니다.

그렇게 되려면 어떻게 하여야 하는지요?

저의 경우 이미 태어날 때부터 인체 구조상 약효를 알아내는 데 다른 사람과는 다른 감각을 가지고 태어난 것 같았습니다. 이러한 것은 어렸을 때 꿈속에서 이미 느꼈던 것이며, 그 꿈을 꾸고 난 이후에는 약효가 제가 느꼈던 것과 거의 다름이 없이 작용함을 확인할 수 있었습니다.

어떤 꿈이었는지요?

어깨에서 용천으로 구멍이 길게 연결되어 바람이 숭숭 통하는 꿈이었습니다.

그래서 무슨 일이 일어났는지요?

몸의 어느 부분으로도 기운이 통하게 되었는바 이 기운의 통로를 통하여 기운이 충전되므로 항상 몸의 상태가 최상이었던 경우가 많았습니다.

한데 이러한 최상의 기운 덕분에 약재의 상태와 기운의 종류를 확인함에 아주 정확할 수 있었습니다. 기운이 최상의 상태를 유지함으로써 아주 미세한 기운의 차이도 엄청난 차이가 있음을 느낄 수 있었습니다.

이러한 차이는 인체의 어느 곳에 필요한 기운을 가지고 있는 약재인가를 알 수 있도록 하였으며 이러한 경지를 넘자 나중에는 핍乏을 보補하는 것이 아니라 핍乏을 궁窮으로 치료하거나 족足을

풍豊으로 치료하는 극기법克己法을 터득하게 되었던 것입니다.

이러한 방법은 아주 평범한 약재로도 가능한 방법이었으며 때로는 약재가 아닌 기운으로 조절하여 역시 동일한 결과를 얻을 수 있었습니다.

선인께서는 이미 신의神醫의 경지에 계셨다는 생각이 듭니다.

아닙니다. 인간의 감각만 가지고도 상당한 발전을 이룰 수 있었습니다.

일반적으로 사용할 수 있는 몇 가지 처방을 해줄 수 있으신지요?

곤란한 말씀입니다. 일반적인 것은 이미 처방에 나와 있으며, 그렇지 않은 것은 사람에 따라 처방을 따로 하여야 하는 것이며, 사용하는 사람의 능력에 따라 각기 효과가 다르게 나오므로 동일한 처방을 사용할 수 있는 경우란 없다고 할 수 있습니다.

그리고 이 처방을 사용하는 사람이 처방의 효능을 믿고 자신을 단속함을 게을리할 경우 오히려 역효과가 날 수 있는 문제입니다. 따라서 극약 처방을 일반인이 사용할 경우 효과를 볼 수 있는 가능성이 상당히 줄어들어 일반 약재보다 별반 다를 것이 없을뿐더러 그 효과가 더 못 할 수도 있습니다.

그렇습니까?

의원은 약과 환자를 정확히 일치시키는 능력에 따라 역량을 인정받아 왔습니다. 이러한 능력만 있다면 보통의 약재를 가지고도 상당한 효과를 볼 수 있으며 그렇지 않다면 아무리 좋은 약재라도 무용지물이 되는 것입니다.

아무 것이나 약이 되는지요?

물론 소용없는 것도 있긴 하나 전혀 소용이 없는 것이란 있을 수 없으며 연구하고 용처를 밝혀내기만 하면 아무 것이든 전부 사용할 수 있는 것입니다.

건강 수련

하시는 일은 잘 되십니까?

잘 되고 있사옵니다.

무슨 일을 하고 계십니까?

헤로도토스에서 약초를 재배하고 있었사옵니다.

헤로도토스요?

예.

그 별이 저와 어떠한 관계인지 아십니까?

알고 있사옵니다. 전에 한때 수련을 하셨다는 것도 알고 있사옵니다.

그런데 어찌 연락도 없으셨습니까?

나중에 연락을 드리려 하였사옵니다.

무슨 약초를 재배하고 계십니까?

인간에게도 해당되는 것입니다만, 모든 기운을 상승시키는 역할을 하는 약초입니다. 약초라고 하지만 사실은 기운을 강화시키는 기운의 엑기스라고 하는 것이 옳겠습니다.

어떠한 방식으로 기운을 강화시키는 것입니까?

우주선宇宙線을 따라 각각의 동로에 기운을 흘려보내는 것입니다. 이 기운을 습득하는 사람은 자신의 부족한 기운을 보충하여 강화할 수 있도록 되는 것입니다.

그러한 기운이 지금까지는 없었습니까?

있기는 하였으나 좀 더 쉬운 방법으로 취할 수 있는 방법을 연구해보고 있었사옵니다. 이 기운을 취하기 위해서는 취할 자가 하여야 할 일이 있사옵니다.

어떻게 하는 것입니까?

나중에 자세히 말씀드리겠습니다.

기운은 잘 만들어지고 있습니까?

현재까지는 잘 되고 있습니다.

무엇이 가장 문제입니까?

100% 순수한 기운을 집결시켜보려는 것인데 그것은 잘 안 되는 것 같사옵니다.

우주에서는 가능한 일 아닙니까?

가능합니다만 인간에게 있어 그 효용이 많이 떨어지는 것이 사실이었사옵니다. 인체는 워낙 복잡하고 다기多機한 구조로 이루어져 있어 우주의 기운이 들어가도 정상적인 효과를 발휘하기에는 어려움이 있사옵니다.

이것을 극복하는 것은 본인의 노력인바 본인의 노력이란 바로 자신의 부족함을 알고 이것을 극복하려는 노력을 함으로써 자신의 결점을 확인하는 것입니다. 신체적인 부족함은 마음의 어딘가에 나타나 있는 것으로서 마음을 고치면 신체의 병이 대부분 고쳐지게 됩니다.

가장 먼저 하여야 할 부분은 바로 자신의 마음을 평온하게 하는 것인바 이것은 몸의 혈맥을 열어서 기운이 잘 통하게 하는 것입니다. 마음의 평온은 여러 경로로 찾아질 수 있는데 가장 쉬운 방법은 호흡을 통하여 뇌의 파장을 낮추는 것에서 시작하는 것입니다.

그 다음은 어떻게 하는 것이 좋습니까?

마음을 집중시키는 것입니다.

그 다음은요?

자신의 몸에서 기가 부족하여 이상이 생긴 부분을 바라봅니다.

다음은요?

이상이 생긴 부분의 색깔을 확인하여 선명하지 않으면 선명할 때까지 기운을 바꾸는 것입니다. 기운을 바꾸다 보면 점차 투명해지면서 빛이 나는 맑은 색깔로 변하게 됩니다. 이것이 되면 인간이 할 수 있는 방법으로는 끝나게 됩니다.

그런데 이러한 방법은 아무나 할 수 있는 것이 아니지 않습니까?

바로 그것이 문제입니다. 선인이라도 수련을 위하여 인간이 되면 상상력이 한정되어 자신의 능력을 과소평가하므로 능력을 충분히 발휘하지 못하는 것이 통례입니다.

따라서 수련을 통하여 자신의 능력을 되찾아야 하는데 인간으로서 수생을 머물다 보면 잊혀질 수 있기 때문입니다.

어찌하면 되겠는지요?

건강 수련이란 자신의 몸을 가다듬는 수련으로서 몸만들기를 위주로 수련을 하여야 합니다. 어디가 아픈가에 따라 수련 방법을 달리 하여야 할 것입니다. 위가 아픈 사람은 위를 강화하는 수련을 중심으로 하여야 하며, 간이 좋지 않은 사람은 간을 보하는 방향으로 수련을 하여야 할 것입니다. 기타 좋지 않은 부위가 다른 사람은 그곳을 보하는 방법으로 수련을 하여야 할 것입니다.

이것은 먼저 수련생들의 건강을 중심으로 확인하여보아야 하며, 두 곳이 아픈 사람은 그중 오행의 순서에 따라 먼저 강화할 곳을 찾아야 할 것입니다. 이러한 작업은 수련생의 증상과 선생의 지침을 종합하여 처방하여야 하는바 본인이 자신의 증상을 정확히 알고 있어야 합니다.

자신의 증상에 대한 자각이 없으면 치료 방법 역시 쉽지 않습니다. 본인의 자각은 자신의 의사를 유도할 수 있는 방법으로서 자신의 의념을 집결시키기 위하여 필요한 것입니다. 그렇지 않고서는 자신의 의념을 집결시키기 어려운 법입니다.

이러한 의념의 유도를 위하여 인체를 해부한 모형과 경락을 그린 그림을 교재로 활용하여 수련을 하는 방법을 강구해볼 수 있습니다. 인체는 그 자체가 소우주로서 인체의 모든 것을 알면 우주의 모든 것을 알 수 있도록 되어 있습니다.

이러한 과정을 거쳐 인체에 대한 이해를 돕고, 오행에 대한 기본을 익힌 후에 자신의 몸을 연구하고 이 몸의 증상을 확인한 후 치료를 하여야 하는 것이 순서입니다. 따라서 현재까지는 기본 수련으로 진행된 것이나 지금부터는 각론으로 들어갈 필요가 있습니다.

* 수련법은 생략합니다.

이러한 방법은 누구를 막론하고 어느 부위에나 공통적으로 적용되는 것이며, 모두 일정한 정도의 효과를 거둘 수 있는 것입니다. 나머지는 부위나 정도에 따라 방법을 달리하여야 할 것인바 이것은 의인들의 몫이라고 할 수 있습니다.

인간 세상에는 모든 것들이 책으로 나와 있습니다. 이 책들을 잘 이용하면 모든 것을 구할 수 있도록 되어 있습니다. 허나 인간들이 방종하고 자신을 잘난 것으로 알아 결국에는 상호 간에 별 도움이 되지 못하고 마는 것입니다.

인간은 누구를 막론하고 잘나고 못나고가 없으며, 잘났다면 그 역시 본인의 업인 것입니다. 이러한 사실에 기초하여 모든 사람들을 동일하게 보고 자신이 남을 도와줄 일이 있으면 나 역시 남으로부터 도움을 받을 일이 있음을 알고 스스로 자신을 낮출 수 있어야 할 것입니다.

후배들에게 다른 의술은 전해줄 수 있겠는지요?

무엇이든 제가 가능하다고 생각했던 것은 저의 책에 나와 있습니다. 하지만 의술이란 자신만의 분야가 있으므로 각기 연구하고 노력하여 자신의 분야를 일구어야 할 것입니다.

알았습니다. 건강 수련법은 어떻게 하는 것이 좋겠는지요?

건강은 자신의 가장 근본을 이루고 있는 부분입니다. 자신의 근본이므로 자신의 몸 하나 지킬 수 없다면 그 다음은 이야기의 진전이 어려운 것입니다.

하지만 타고난 것을 어떻게 할 것인지요?

후천적인 방법이 있습니다.

어떠한 방법인지요?

자신의 몸을 잘 살펴서 어디가 아픈가를 확인하고 차츰 그곳을 어루만져서 풀어주는 방법입니다.

어떻게 풀어주는지요?

인간의 몸에서 가장 강력한 파장을 발산하는 곳이 바로 두뇌입니다. 이 두뇌를 이용하면 전자파로 음식을 익히듯 뇌파로 자신의 건강을 확인할 수 있는 것입니다.

어떻게 하면 됩니까?

우선 뇌파의 파장을 강력히 하여야 합니다. 강력히 하기 위하여서는 집중 훈련을 하여야 합니다. 오늘은 팔문원을 이용한 방법입니다. 수련을 어느 정도 하여 자신의 기운을 느낄 수 있으면 가능한 수련입니다. 허나 기운이 강해야 하므로 우선 호흡에 대한 기본이 되어 있을 것을 요합니다. 방법은 아래와 같습니다.

* 수련법은 생략합니다.

의관 생활

선인께서는 참으로 존경받는 의인이셨습니다. 지금은 의인의 사회적 위치가 전보다 많이 달라진 것을 알고 있습니까?

세상이 바뀌어도 바뀌지 않을 것이 세 가지가 있는데 하나는 부모로부터 태어난다는 것입니다. 또 하나는 살아 있는 동안 자신의 목숨은 귀중한 것이라는 것입니다. 다른 하나는 언젠가는 다시 돌아가야 한다는 것입니다. 이러한 모든 것들은 수련생으로 있는 동안 피할 수 없는 것들이며 다른 것들은 조정이 가능한 것입니다.

의관으로 들어간 것이 전라도 사람 '유희춘'의 천거에 의한 것이었는지요?

천거가 있기는 하였으나 한 사람의 천거가 있었던 것은 아니며, 결정적인 계기는 시험입니다. 시험으로 실력을 인정받고 나서야 천거가 빛을 발할 수 있었던 것이며 천거만 있어 가지고는 실력을 인정받지 못하였을 것입니다.

선인으로 나왔을 경우 모든 것을 정법으로 함을 원칙으로 합니다. 특히 관직에 몸담을 경우 정법인 시험을 통하여 가는 것이 중요한 것입니다.

입적入籍이 정당하지 못하면 결과 역시 명쾌하지 못한 것이 선인의 길인 것입니다.

당시 과거를 보러 가던 중 '진천'에서 환자들을 치료하다가 늦었다는 드라마의 내용은 어떻게 생각하는지요?

사실과는 다르나 그 정도로 의술에 심취하였던 것만은 사실입니다. 때로는 그 이상도 의술이라면 심취하였으며 한번 빠지면 다른 것을 생각지 못하여 결례를 범하는 일이 있을 정도로 빠지는 경우도 있었습니다.

드라마 상의 일은 작가의 상상으로 꾸며진 일이었으나 당시 저의 성격을 표현함에 적절하였던 것으로 생각됩니다. 이 외에도 다른 일화가 많이 있으나 드라마에서 소개하기에는 적절치 않은 내용들입니다.

인간의 질병을 치료하다가 밥을 굶은 적은 셀 수 없을 정도이며, 다른 사람들이 아픈 것을 보면서 그냥 넘어간 기억은 제가 알기로는 거의 없을 정도입니다.

의인醫人으로서는 물론, 천지의 이치를 구분하려 노력하였으며, 이 양자를 인체에서 구하려 하였고, 이러한 모든 면이 인체에서 답을 구할 수 있었음은 다행이라고 생각하고 있습니다. 인체란 생각할수록 오묘하여 온 우주의 모든 것들이 들어 있었으며, 이 인체를 통하여 저는 어디에든 갈 수 있었습니다.

허준 선인께서는 왜 의인醫人의 삶을 택하게 되었는지요?

인간의 삶에는 다양한 유형이 있습니다. 그 모든 직업이 전부 오행 중의 한 가지만 다루거나 아니면 주된 한 가지와 부수적인 여러 가지를 다루고 있습니다. 이 중 의인은 오행의 진부를 다룰 수 있는 수련 과정 중에서 나름대로 품격 있고 그런대로 대접을 받는 직업이었습니다.

그러나 이러한 모든 것 외에 가장 보람 있는 것은 중도에 떠나야 하는 생명을 구할 수 있다는 것이었습니다. 인간의 경우 예상치 않았던 사고로 떠나는 다양한 유형의 생명이 있습니다. 이러한 생명은 정상적인 치료만 한다면 상당히 생명을 연장시킬 수 있을 뿐만 아니라 타인에게 보람된 행동으로 보답을 하는 경우가 많이 있었습니다.

저는 이러한 생명의 연장으로 인한 인류의 복지 향상은 의인 이외에는 할 수 없다고 생각하였으므로 의인의 길을 걷게 된 것입니다.

그랬었군요…. 얼마나 많은 생명을 구하셨는지요?

간접적으로 구한 사람까지 포함하면 수천 명은 될 것입니다. 간접적으로 구한 사람이라 함은 제가 알려준 방법을 사용하여 병이 나은 사람을 말하는 것입니다.

사람은 항상 의외의 일로 생명을 잃을 수 있는 상황에 살고 있습니다. 이러한 사람들은 예기치 않았던 일로 생명을 포기하게 되므로 그러한 충격은 주변의 여러 사람에게까지 좋지 않은 영향을 주게 됩니다.

인간은 천수체天壽體와 지수체地壽體가 있습니다. 천수체는 하늘에서 명을 결정하여 내려보낸 사람들로서 이들의 명은 하늘이 관장합니다. 이들은 천수인이며 하늘기운으로 살게 됩니다.

그렇지 않은 사람들은 지수인이라고 하는바 이들은 지수가 정해져 있는 사람들로서 태어난 곳의 기운으로 생명을 받아 살아가게 됩니다.

천수인은 물론이거니와 지수인들도 자신의 명대로 살지 못하고 예기치 않게 생명을 포기 당하여야 하는 일이 생기는바 이러한 것을 우연이라고 합니다.

우연은 이승의 모든 인연을 천리天理인 것으로 가장하여 바꾸어놓기도 하며, 인간들이 생각지 않았던 상황에 처하게 함으로써 정신적으로 성숙시킬 수 있는 조건을 만들기도 합니다. 인간은 우연을 어떻게 이용하고 발전적인 계기로 삼는가에 따라 어느 정도 발전할 수 있느냐를 가름할 수 있다고 하겠습니다.

우연은 천수인인 경우 상당 부분 하늘이 내려보내는 것이며 이러한 우연에 어떻게 대처하는가는 천수인에게 시험이라고 할 수도 있습니다. 시험은 바로 우연을 가장한 것에서도 항상 인간을 시험하고 성장하게 하며 선인화하도록 도와주고 있습니다.

인간들이 천수와 지수를 다할 수 있도록 하는 것은 인간의 몸을 가진 기간 동안 가장 보람 있는 일로 보였습니다.

한약사의 큰 사건, 허준

허준 선인께서는 인체에 대하여 전부 알고 계시는지요?

인체에 대하여 전부 안다는 것은 우주에 대하여 전부 알고 있다고 하는 것과 동일한 것으로서 어느 선인을 막론하고 장담할 수 있는 사람은 없을 것입니다. 허나 얼마만큼 알고 있는가에 대하여 대답하라고 하신다면 저의 경우 어느 정도는 알고 있다고 할 수 있습니다.

이 어느 정도는 비율로 나타내는 인체에 대한 지식을 말합니다. 이러한 식으로 말한다면 제가 나름대로 많이 알고 있다고 할 수 있습니다. 인체는 우주의 축소판으로서 어느 인체를 막론하고 동일한 경우는 없습니다. 어디가 달라도 다르며, 어느 기능이든 전부 다른 역할을 하고 있습니다.

따라서 이러한 모든 것을 안다는 것은 불가능하며 불가능에 도전한다는 것 역시 불가능합니다. 불가능을 가능케 한다고 하는 것은 인간에게나 있을 수 있는 오만이며 이러한 오만은 선인들에게는 있을 수 없는 것입니다.

우주를 통틀어 우주만큼 복잡한 것이 있을 수 없으나 인체 역시 이에 버금가는 복잡성을 가지고 있다고, 아니 이보다 더 복잡하다고 할 수 있습니다.

따라서 인간들이 게놈프로젝트니 하면서 인체의 유전자 구조를 풀어 다양한 새로운 해법을 제기하는 것처럼 이야기하는 것 역시 상당한 경지에 이른 선인들의 세계에서 볼 때도 우스운 것입니다.

선인들도 전부 풀지 못하는 인간에 대한 신비를 하물며 인간들이 푼다는 것은 지나친 오만이며 있을 수 없는 일을 있도록 하려는 것과 같다고 할 수 있습니다. 우주란 그리 간단히 창조된 것이 아니며 수많은 복잡성을 가지고 있습니다.

선인들 중 상당한 경지에 오른 분들도 스스로 우주의 일부에 대한 창조자이자 구성원이면서도 우주에 대하여 전부 알고 있지 못한 것과 마찬가지로 인간 역시 인체가 자신의 것이면서도 전부 알 수 없거니와 전부 알아서도 안 되는 것입니다.

설령 전부 알았다고 생각해도 전파할 수단이 없으므로 이 또한 모르는 것과 같아 역시 전부 알 수 없게 되는 것입니다. 인체란 그만큼 복잡한 것이며 이렇게 복잡한 이유는 바로 각각의 인간들이 가야 할 길이 그렇게 다르다는 것을 이야기해주는 것입니다.

따라서 각각의 인간들이 앓고 있는 질병도 전부 다르며 이 병이 외부적으로는 동일해 보여도 각각의 처방 역시 다를 수밖에 없는 것입니다. 인간의 질병은 이로 인한 배움을 주고자 하는 것이며 이 배움을 익히고 나면 낫는 것이지 인간의 의술은 대증 처방이라고밖에 할 수 없는 것입니다.

따라서 일견 나은 듯이 보여도 깊은 곳에서는 낫지 않은 경우가 대부분이며 이러한 질병을 뿌리 뽑는 것은 인간의 습관과 마음가짐인 것입니다. 마음가짐이 올바르면 마음이 평온해져서 인간으로서 자신의 할 바를 다할 수 있도록 하여주는 것이며 이러한 결과가 자신을 구해주는 것입니다.

만병에 대한 가장 강력한 처방은 바로 마음을 편안히 가질 수 있도록 하여주는 것입니다.

그간 고마웠습니다.

저로서는 지금 시작일 뿐입니다. 저의 메시지를 전할 방법도 마땅치 않았으며, 전해보아야 들을 사람도 없었습니다.

'허준'은 우리나라의 한약사에 한 획을 그을 큰 사건임에는 틀림없습니다. 제가 몸을 받아서 하였든, 누가 하였든 그러한 업무는 누가 처리하여도 하여야 할 일이었으며, 따라서 제가 아니면 그 누구라도 그러한 행동을 하였을 것입니다.

앞으로 하여야 할 일들이 더 많습니다. 이러한 모든 일들이 잘 될 수 있도록 수련생들이 수련에 박차를 가하였으면 좋겠습니다.

그러한 점에서 저의 수련지도에 대하여 어떻게 생각하시는지요? 잘못된 점이 있다면 바로 잡고 싶습니다.

타당한 방법을 찾아가면서 더할 수 없이 아주 잘 나아가시고 계십니다. 마음공부에 치중하시는 것이야말로 공부를 바로 하고 있다는 반증인 것입니다. 수련지도에 병행하여 건강 수련을 하시는 것 역시 상당한 시도로 생각됩니다.

건강은 인간의 가장 기본적인 목표이자 가장 중요한 목표인 것입니다. 의사들이 많이 있으니 그들이 진료하여 조제한 약에 대하여 선생님께서 하늘기운을 연결해주시면 그 약의 효능이 더 나아질 것입니다.

수련생들의 건강은 물론 자신의 뜻에 의하지 않고 하늘의 뜻을 받아나오는 것이나 이 받아온 것을 어떻게 사용하는가 하는 것은 자신이 갈고닦는 것에 달려 있습니다.

갈고닦는 것의 첫째도 수련이요, 둘째도 수련이며, 셋째도 수련이고, 마지막도 수련인 것입니다. 수련이 없이는 절대 어떠한 일도 할 수 없는 것이며, 설령 되었다고 하더라도 선계의 에너지가 없이는 지속력이 없는 것입니다.

수련생들의 마음이 부족하면 수선재나 수선대, 선생님께서 자신들에게 무엇을 해줄 것인가를 기대하게 되나 수련이 진전되면 기운이 흘러넘쳐 수선재나 수선대에 자신이 무엇을 기여할 것인가를 생각하게 되는 것입니다.

이것이 바로 여유이자 세상을 크게 바라보기 시작했다는 징표이며, 대주천 등 수련이 일정 단계에 올라섰다는 반증인 것입니다. 마음을 흘러넘치도록 하는 것은 수련이며, 이 수련을 지속할 수록 흘러넘쳐서 영향을 미치는 범위가 넓어지게 되는 것입니다.

인간으로서 가장 수련에 성공한 부처, 예수 등은 그 기운이 지구를 덮고 나아가고 있음을 보면 선계수련의 최종 목적지가 어디이며, 이 수련의 결과 앞으로 어떻게 될 것인가를 알 수 있게 되는 것입니다.

열심히 하시면 결코 후회 없는 결실을 얻으실 수 있을 것입니다. 저희들이 항상 옆에서 선생님을 보필하며 정성을 다하여 돕겠습니다.

황진이, 선악과를 말하다

2005년 출간된 『황진이, 선악과를 말하다』 중 '수선재'와 관련된 내용을
이곳에 실었습니다.

천강 선인님

저를 영적으로 지도해주신 천강天降 선인님은 어떤 분이신지요?

천강 선인님에 대하여 잠시 말씀을 드리면 이것으로 답이 될 것 같습니다. 그분은 모든 우주의 전역을 관장할 수 있는 능력을 가지신 분입니다. 우주의 전역이라고 함은 현재 존재하는 우주의 약 80%로서 그 외의 부분은 우주에서도 효용이 없는 부분입니다.

그러니까 우주에서도 값어치가 인정되고 나름의 존재 이유가 있는 모든 곳에서 일어나는 일들은 천강 선인께서 관장하시는 범위를 벗어날 수 없게 되어 있습니다. 이것은 우주가 창조될 당시에 이미 천강 선인께서 참여하셨기 때문인데 지상의 일로 비유하자면 수선재의 태동과 발전 과정에 있어 천강 선인의 역할과 비교하시면 아실 수 있을 것입니다.

우주에서 천강 선인을 포함한 다섯 분이 우주의 제작에 참여하셨는데 천강 선인은 당시에 토土를 담당하셨습니다. 온 우주의 별의 생성과 배치 등이 천강 선인의 작품입니다. 천지창조 시절부터의 선인이시지요. 이 다섯 분은 그 이전부터 계시던 분들입니다. 그전의 이야기도 있습니다만, 그 부분은 다음에 이야기하지요.

수선재의 태동과 발전은 우주에서도 하나의 획을 긋는 일로서 많은 선인들이 관심을 가지고 주시하고 있습니다. 선생님께서 앞장서시고 천강 선인께서 지원을 한다면 어떠한 결과가 나올 것인가에 대하여 지대한 관심을 가지고 바라보고 있는 것입니다.

선계에 계신 저의 부모님은 천강 선인님과는 어떤 관계에 있으신지요?

우주의 모든 선인들이 천강 선인의 영향을 받지 않으신 분들이 없다시피 합니다. 부모란 자신의 영이 성장하는 과정에서 살펴주신 분들을 말씀하지요. 따라서 영적 성장에 가장 직접적인 도움을 주시는 분들을 선계에서는 부모라고 하는 것입니다.

천강 선인은 모든 선인들에게 도움을 주시는 분이지요. 이분과는 모든 분들이 인연을 가지고 계십니다. 그중에서도 더욱 밀접한 인연을 가지고 계시는 몇 분 중에 선생님의 부모님이 계신 것이지요.

팔문원*과 천강 선인님과는 어떤 관계이신지요?

천강 선인은 팔문원의 전체 조화를 담당하고 계시며 어느 부분이든 기운이 미치지 않는 곳이 없습니다. 팔문원의 8방은 사실상 선계의 모든 기운이 나가고 들어가는 원천이 되는 곳이며, 그 길이는 우주의 중앙에서 맨 끝에까지 다다릅니다.

*  팔문원八門圓 : 우주의 본체를 형상화한 것으로, 가운데 원은 우주 자체를 나타내며 주변 8개의 문은 우주의 기운이 내외부로 이동하는 통로를 나타낸다.

수선재, 우주의 이름

수선재는 무엇 때문에 현재 지구의 후천시대를 위한 전방위 조직의 역할을 하고 있는지요? 그동안에는 선계가 직접 파장을 전하는 일을 안 하셨다는데 왜 이제 와서 지구에서 저의 공부를 통하여 그런 일을 하시는지요?
우주창조에 직접 참여하신 다섯 분 중 한 분이신 천강 선인님께서 관장하실 정도의 막중한 일을 왜 이것밖에 안 되는 저를 통하여 하시는지요?

선계에서 파장을 전하고는 있었으나 인간이 이를 정확히 받지 못하여 수신이 안 되고 있었던 것입니다. 허나 근래에 들어 선인들이 수련하는 빈도가 늘어나면서 수신 역량이 증대되어 파장을 수신할 수 있는 기반이 조성되었던 것입니다.

선생님께서 그러한 일을 하시는 것은 시기적으로 누군가가 그러한 역할을 담당하여야 할 때가 되었을 때 적임자인 선생님께서 공부를 하게 되었기 때문이며, 선생님은 원래 기적, 영적 역량이 탁월하여 선계에서도 나름의 일을 할 수 있을 것으로 기대를 모왔던 선인이십니다.

천강 선인께서 지도에 직접 역할을 하고 계신 것은 그만큼 중요한 사명을 가지고 계심을 말합니다.

수선재가 우주에서도 한 획을 긋는 중요한 일이라는 것은 왜 그런지요?

하늘의 뜻은 다양한 경로를 거쳐 우주에 전파되는데 이번의 경우 거의 직접적으로 전파하게 된 사례에 속합니다. '수선재'란 이름 자체가 선계의 이름을 포함한 것이며, 따라서 수련생들이 선계의 가르침과 파장을 직접 받도록 한 적은 우주에서도 지금껏 별로 없었습니다.

간접적인 가르침은 많이 있었으나 이러한 경우가 별로 없었으므로 그렇게 보는 것입니다. 수선재가 우주에서도 얼마나 중요한 조직인가 하는 점에 대해서는 그리 멀지 않은 시기에 그 가치를 아시게 될 것입니다.

선악과, 그리고 생명나무의 비밀

선악과는 무엇이라고 생각하시는지요? 황 선인에게 있어서 선악과는 무엇이었는지요?

제 입장에서 선악과는 인간의 일이었습니다. 당시 지상에서 많은 일들을 보았으며, 이러한 일들이 제게는 모두 선악과였습니다. 물론 당시에 인간의 모습으로 있었던 제가 겪어 넘기기 어려운 일들이었던 것임은 틀림없습니다.

하지만 그러한 일을 통하여 많은 진화를 하였고, 지금 와서 돌아보면 그때의 일들이 제게는 선악과였으며, 그로 인하여 엄청난 진화를 하였음을 알게 되었습니다.

그런데 제가 생각하는 선악과는 '인간의 감정을 일으키고 가라앉히는 열쇠'를 말하는 것인데 선생님께서도 같은 의미이신가요?

그렇습니다. 때로는 수련이 불가능할 정도의 흔들림을 가져오기도 했고, 지독한 몸 공부를 시키기도 했으며, 죽음의 문턱으로 몰아넣기도 했습니다.

맞는군요. 그 정도가 아니라면 선악과라는 이름으로 부를 수 없지요. 선악과는 인간의 선의 끝과 악의 끝을 모두 경험할 수 있는 정도라야 그렇게 부를 수 있습니다.

감히 선과 악을 통칭할 수 있는 이름을 아무 곳에나 붙일 수는 없는 것입니다.

많은 선인들께서 공부를 위해 지상에서 인간의 길을 간 이유가 그러한 경험을 하기 위한 것이 아니었나요?

생명나무는 무엇이라고 생각하시는지요? 황 선인은 무엇을 통해 생명나무를 얻었는지요?

선도 악도 없는 것이 바로 생명나무입니다. 우주 그 자체가 바로 생명나무이지요. 팔문원의 가운데에서 나오는 파장이 바로 생명나무의 파장입니다. 우주의 어떠한 것도 태어나게 할 수 있는 힘, 그것이 바로 생명나무랍니다.

수선재樹仙齋의 '수樹*'가 무슨 글자인지 생각해보시면 아시겠지요. 생명나무란 바로 호흡수련을 통해 얻어지는 결과, 즉 선인이 되는 길이 바로 생명나무를 얻는 것이지요. 선계에서는 영생이 아니면 생명이란 용어를 사용할 수 없다는 것 아시지요?

인간으로 공부할 때와 같은 한시적인 생명은 우주에서 생명이라고 하지 않습니다. 진정 생명나무라면 수선재를 통하여 얻을

* '나무 수樹'이며, 수선재란 '선도의 나무를 가꾸는 곳'이라는 뜻입니다.

수밖에 없는 것이지요. 호흡수련을 통하여 얻는 것, 그것이 바로 생명나무이지요.

선악과 공부를 마치셨는지요?

선악과 공부는 인간으로서 마치기가 쉽지 않습니다. 인간의 한계는 곧 신의 영역의 시작이기도 해서 이 공부를 마치면 선계가 가까이 있는 것입니다. 그래서 주어진 공부 내용 중에 인간으로서 겪어 넘기기 힘든 과목이 있는 것이지요.

선악과 공부는 그 안에 많은 세부 전공이 있지요. 성을 비롯해서 남성, 여성, 사랑, 기쁨, 고통, 환희 등등 인간이 살아가면서 겪어야 할 가장 아프고 기쁜 것들이 모여 있지요. 이러한 것들이 모여서 선악과 과목의 중요한 부분을 형성하고 있고 따라서 이 모든 것을 전부 수료하기는 어렵다고 할 수 있지요.

보통 선인의 경우 중요한 몇 과목을 이수하는 것으로 금생의 공부를 마치는 경우가 대부분입니다. 희로애락으로 대표되는 인간의 감정 통제도 이 과목의 세부 내용 중에 중요한 부분을 차지하고 있습니다.

인간은 신이 창조한 가장 심오한 존재이므로 선인도 지상에서 인간의 공부를 할 때 모든 부분을 터득하기가 쉽지 않습니다. 인간에 관한 부분을 모두 마친다는 것은 조물주의 경우에나 가능한 일이지요.

인간에 관한 공부를 모두 마치지 못하였음은 곧 선악과 공부의 전 분야를 마치지 못하였음을 말해주는 것입니다. 저에게 당시에 필요한 부분만을 마무리하였지요.

선악과 공부는 금하는 것을 통하여 극단을 경험하고 중간의 위치를 파악하며, 그 중간에서 약간 위로 올려놓는 공부이지요. 즉 선善의 기준을 확실히 하는 공부입니다.

선생님께서 금번 지상에서 하신 선악과 공부는 천성을 순화시키는 공부로서 선생님의 자유분방함에 브레이크를 만드는 과정이었다고도 할 수 있습니다.

지상에서 생활할 때 가장 고통스러운 부분은 무엇이었는지요?

스스로 감정 통제가 안 되는 것이었습니다. 저는 풍부한 감정을 가지고 태어났기 때문에 희로애락의 부분이 많아서 그것을 스스로 삭이느라고 많은 애를 썼습니다. 이것이 가장 힘든 것이었는데 나중에 생각해보니 이것이 가장 큰 공부였지요.

인간으로서 하고 싶은 것은 전부 해보았는데 잘못하면 공부에 실패할 뻔하였습니다. 넘어서는 안 될 선은 바로 내 안에 있는 것이었고, 그것을 건드린다는 것은 곧 선계의 진입을 어렵게 하는 요인이 되기도 하였지요.

많이 혼났습니다. 당시 나 자신과 만나지 않았더라면 지금의 내가 없을는지도 모르지요.

지상에서의 고난도의 공부 과정을 어떻게 극복하였는지요?

아무리 괴로워도 즐거이 맞이하면 즐겁다는 것을 알고부터는 괴롭다는 생각을 하지 아니하였습니다.

신분이 신분인 만큼 포기할 것은 포기하고 나니까 괴로움이 많이 줄어들고 나중에는 즐거이 맞이할 수 있었습니다.

다시 태어난다면

다시 태어나신다면 어떤 일을 하고 싶으신지요?

다시 태어난다면 저는 수선재의 선생님을 해보고 싶습니다. 수선재의 선생님은 온 우주를 통틀어 가장 보람 있는 일 중의 하나가 아닐까 합니다. 공부란 것이 제가 지상에 내려올 때 정해놓고 오기는 하나 오는 도중에 변경되므로 제가 원한다고 해서 되는 것은 아니란 것을 너무 잘 알고 있습니다.

따라서 제 마음대로 되지 않는 부분이 있다는 것은 너무도 당연한 일이므로 제가 하고 싶다고 해서 그리 되겠습니까마는, 만약 가능하다고 한다면 수선재와 같은 하늘의 뜻을 전하는 공부방을 만들어서 천수체와 지수체에게 진리를 전하고 싶습니다.

저는 나름대로 저의 정신세계에서 우러나온 시조 몇 수와 모든 남성들이 가까이할 수 있는 조건을 갖추고 있던 것으로 보일 수 있으나 저와 격格이 맞지 않으면 상대를 하지 않기도 하였습니다. 그리고 그들 스스로 물러가기도 하였지요.

격이란 지상에 올 때 가지고 오는 것이란 생각을 하기도 하였습니다. 그 격은 공부로 달성하고자 하는 목표 이전의 것일 수도 있고요. 하지만 후천적으로 달성할 수도 있긴 하지요. 선생이 있다면 말이에요.

어쨌든 선생님은 격도 갖추셨지만 수선재의 선생으로서 한 생을 마무리할 수 있다는 것은 선계에서 볼 때도 너무도 보람 있고 좋아 보이는 일인 것 같습니다. 부러워요. 그리고 축하해드리고 싶어요. 우주에서도 경사스런 일을 한다는 것은 너무도 좋은 일인 것 같아요.

수선재는 이후에도 영원히 계속될 것이므로 저도 기회가 된다면 앞으로 선생님의 대를 이은 후대의 선생님이 되고 싶군요.

후인들에게 당부

지금까지 장시간 말씀해주셔서 감사합니다. 끝으로 후인들에게 남기고 싶은 말씀이 있으신지요?

"하늘은 스스로 돕는 자를 돕는다"는 말을 전해드리고 싶어요. 하늘의 사랑을 가장 잘 표현하신 말씀이지요.

사랑은 절대로 가만히 있어서는 안 되는 것이지요. 사랑을 위해 내가 할 수 있는 것이 있어야지요. 사랑을 원하면서 가만히 있는 것은 도리가 아니지요. 사랑을 갖기 위해 나도 사랑을 하여야 하는데 내가 사랑할 대상이 누구이겠는가?

가장 우선적인 것은 바로 '나'이지요. 내가 나를 사랑하지 않는데 누가 나를 사랑할 것인가요. 자신을 사랑할 때 하늘도 그분을 사랑하시는 것이지요.

자신을 사랑하세요. 자신을 사랑하면 하늘이 자신을 사랑하는 분을 사랑해주십니다. 현재 자신의 모습이 어떻든 자신을 사랑하세요. 자신은 그것이 자신이라는 이유만으로 더없이 소중한 존재이지요. 자신을 사랑하면 하늘이 자신을 사랑하는 그분을 사랑해주실 것입니다.

어떠한 자신이든지 자신을 사랑할 수 있도록 하세요. 설령 자신이 마음에 들지 않더라도 자신을 사랑할 수 있어야 합니다. 자신은 금생에 만나야 하고 만날 수밖에 없도록 하늘이 정해준 인연이지요. 바꿀 수가 없잖아요?

예전에는 부모님께서 정해준 인연과 혼인을 해서 평생을 살기도 하지 않았나요? 몸을 주신 부모님께서 정해준 인연과 결혼을 하기도 하는데 그때는 결혼 이후의 생을 함께하는 것이지만, 자신은 태어나서부터 향천할 때까지 함께하는 것이지요.

일평생 자신이 함께할 육신과 정신을 준 하늘이 정해준 인연이 바로 자신인데 이러한 자신을 스스로 사랑하지 않는다면 누가 자신을 사랑할 것이며, 하늘은 또 그러한 분을 어찌 사랑할 것인지요?

자존심은 진정 자신의 소중함을 알고 자신을 귀하게 여기는 것입니다. 그러한 속에서 자신에 대한 존경심도 나오는 것이고, 그러한 것이 스스로 선인으로서 격을 높이기도 하는 것이지요.

인간들이 훌륭하고 용모 단정하며 재주 있는 사람을 좋아하듯이 하늘도 잘난 천수체를 좋아하는 것이지요.

잘난 천수체란 바로 스스로 자신을 귀하게 생각하고 자신을 사랑하며, 자신의 진화를 위해 열심히 노력하는 사람들이지요. 진화의 열망 중에 가장 값진 것은 바로 하늘이 되고자 하는 것이고, 하늘도 자신과 가까워지고자 노력하는 사람들을 사랑할 수밖에 없는 것이지요.

자신을 열심히 사랑하세요. 그러면 하늘의 귀여움을 받을 수 있고, 그런 당신도 하늘이 될 수 있을 거예요. 못나도 잘나도 자신을 사랑하세요. 그것이 가장 지름길이죠. 자신은 잘나서 사랑해야 하고, 못나서 사랑하지 않아도 되는 것이 아니죠. 무조건 자신을 사랑해서 스스로를 잘나게 만들어야 더욱 사랑할 가치가 생기고, 그렇게 되면 하늘도 자신을 사랑해서 선물을 주시는 것이죠.

이승에서의 용모는 하늘에서는 전혀 중요한 것이 아닙니다. 전생의 자신이 어떻게 살았는가에 대한 답일 뿐이죠. 금생에 자신을 사랑한다면 선인이 되지 못하였을 경우에라도 내생에는 더욱 나은 모습의 자신을 가질 수 있을 거예요. 하지만 어떻게 해서든 금생을 마무리할 즈음에 선인이 되어야겠죠.

감사합니다.

에필로그

『다큐멘터리 한국의 선인들』 여섯 권이 출간되어 仙인들의 생생한 목소리를 세상에 처음 알린 지 16년이 지났습니다.

책의 내용 중 '본성과의 만남 전후', '수선재 개원 이후' 부분은 2010년 『본성과의 대화(전 4권)』로 새 단장을 하고 새로운 모습으로 독자들을 만날 수 있었으나, 仙인들과의 대화 부분은 빛바랜 모습으로 남아 있었습니다.

1998년 1월 『선계에 가고 싶다』 한 권으로 태동한 수선재는 다양한 공부를 통해 仙인들의 세계인 仙계가 있음을 그리고 그곳에 가는 방법을 배우고 익히며 실천하여 왔습니다.

그 길에 仙인들의 말씀은 각자의 마음속 신성神性을 깨우며 반짝이는, 항상 살아 움직이는 지혜로운 본성本性의 목소리였습니다. 끝없는 우주를 배경으로 펼쳐지는 판타지처럼 가슴을 뛰게도 만들면서 나는 누구인지, 지구는 어떠한 곳인지, 이곳에서는 어떤 공부를 어떻게 해야 하는지, 공부를 마치고는 어디로 가는지, 우주와 지구, 인간에 대한 궁금증을 가감 없이 풀어주셨습니다.

그렇게 仙계로 향하는 첫 길을 열어주신 문화영 선생님께서 향선向仙* 하신 지 2년여가 됩니다. 제자들은 이제야 자신들을 성장시켜온 仙인들의 말씀을 새롭게 단장하여 세상 속 기다리는 분들과 나누려 합니다.

더불어 이 책에는 기존의 출간되었던 책 중 『허준 선인과의 만남』, 『황진이, 선악과를 말하다』에서 일부 내용을 발췌하여 추가로 실어 독자분들이 仙인들의 목소리를 더욱 풍부하게 접하실 수 있도록 하였습니다.

지구 인간의 파장이 최고로 진화된 결과인 우주(仙계)의 파장이 보다 밝게, 보다 널리, 보다 아름다운 색깔로, 보다 많은 분들께 전해져 자신이 누구인지 찾아가는 인생의 여행길에서 꼭 필요한 역사적 만남으로 이어지게 되길 바랍니다.

그 가장 첫 만남이 되어주시고, 아낌없는 사랑으로 제자들을 키워주신 스승님께 깊은 존경과 감사의 인사를 올립니다.

2015년 5월 仙서연구실

* 향선向仙 : 선계로 돌아감.

한국의 선인들 2
다큐멘터리

1판 1쇄 | 1999년 5월 28일
2판 1쇄 | 2015년 5월 15일

글쓴이 | 문화영
펴낸곳 | 수선재북스
펴낸이 | 김부연
기 획 | 仙서연구실 문선미
편 집 | 仙서연구실 윤지영
디자인 | 김지선 이다나
출판등록 | 2013년 12월 12일(제2013-000333호)
주소 | 서울특별시 강남구 봉은사로 114길 43
전화 | 070-4045-9454 | 팩스 02-6918-6789
홈페이지 | www.ssjbooks.com
전자우편 | ssjbooks@gmail.com

ISBN 979-11-952883-8-0 04810
979-11-952883-9-7 04810(세트)

이 도서의 국립중앙도서관 출판예정도서목록(CIP)은 서지정보유통지원시스템 홈페이지(http://seoji.nl.go.kr)와 국가자료공동목록시스템(http://www.nl.go.kr/kolisnet) 에서 이용하실 수 있습니다.
(CIP제어번호: CIP2015010426)